Great
Vision
in Little Jokes

小笑话
大视野

《故事会》编辑部 编

上海文艺出版社 上海故事会文化传媒有限公司

图书在版编目（CIP）数据

小笑话 大视野：课间笑话／《故事会》编辑部编
. —— 上海：上海文艺出版社，2022
　ISBN 978-7-5321-8494-1

Ⅰ．①小… Ⅱ．①故… Ⅲ．①笑话-作品集-世界
Ⅳ．① I17

中国版本图书馆 CIP 数据核字 (2022) 第 168944 号

小笑话　大视野：课间笑话

著　　者：《故事会》编辑部编

主　　编：夏一鸣

副 主 编：高　健

编辑成员：蔡美凤　胡捷　吴艳　杨怡君

责任编辑：胡　捷

装帧设计：周艳梅

图文制作：费红莲

责任督印：张　凯

出　　版：上海文艺出版社

出　　品：上海故事会文化传媒有限公司

　　　　　(201101　上海市闵行区号景路159弄A座3楼　www.storychina.cn)

发　　行：北京中版国际教育技术装备有限公司

印　　刷：天津旭丰源印刷有限公司

开　　本：787毫米x1092毫米　1/32　印张4

版　　次：2022年10月第1版　2022年10月第1次印刷

ISBN：978-7-5321-8494-1/I.6702

定　　价：22.00元

上海故事会文化传媒有限公司 出品（00089）

想看更多精彩故事？
扫码下载故事会APP

如发现本书有质量问题，请与印刷厂质量科联系 T：022-82573686

是它，让平淡的生活多了一种味道

　　美国的一家咨询机构曾经做过一次别出心裁的调查："你身边什么样的人最受欢迎？"本以为对于这个问题的回答定会丰富多彩、千奇百怪，统计结果却出现了惊人的一致性：懂得幽默、富有幽默感的人是最受欢迎的。人们都喜欢与幽默的人一起工作、共同生活，幽默成了智慧、魅力、风度、修养等高贵品质的代名词。

　　对于幽默的内涵，一位博友曾有过非常精辟的描述：所谓幽默是智者在洞悉人情冷暖之后，传达出的一种认识独特、角度别致、形式上喜闻乐见的信息，从而引起众人会心一笑的过程。可见，幽默是一种乐观的人生态度、机智的思维

方式、轻松的心态和宽容的胸怀。

一位外国作家曾经提及这样一个故事:如果人群中有一个危险分子,而你不知道他是谁,那么请你讲一个笑话,有正常反应及有幽默感的人大体是好人。可见幽默已经成为衡量人生的重要标准。只有欣赏幽默的人,才能细细品味多彩的生活,悉心感受美丽的人生。

幽默的力量还可以化解生活中的尴尬场面,使人轻松摆脱不快的情绪,更好地树立形象,增加人格魅力和亲和力。一次,美国总统林肯与一位朋友边走边交谈,当他们走至回廊时,一队等候总统检阅的士兵齐声欢呼起来,但那位朋友并没有及时离开,军官不得不走上前来提醒,这位朋友因为自己的失礼涨红了脸,但林肯立即微笑着对他的朋友说:"先生,你要知道也许他们还分辨不清谁是总统呢!"总统这样一句简单的话语,就完全消除了朋友的不安,很快缓和了当时的氛围。

幽默虽不能决定人们的衣食住行,但已经成为生活中必要的调味品和润滑剂。它可以使人们和周围的环境更融洽,让人们始终保持轻松愉快的心情,让平凡的生活充满欢笑。

★孔子说,上课不亦乐乎
我们说,下课不亦乐乎

因此作家王蒙才会如此迷恋幽默,他说:"我喜欢幽默。我希望多一点幽默。从容才能幽默,平等待人才能幽默,超脱才能幽默,游刃有余才能幽默,聪明透彻才能幽默。"幽默倡导了一种全新的快乐理念和生活风尚。

《故事会》杂志多年来一直为广大读者奉献最为精彩的小幽默小笑话,其中所包含的机智的风格、幽默的情趣和达观的态度长久以来影响与感染了一批又一批读者。我们的编辑从这个幽默宝库中,经过前期的选题策划、中期的分类归总、后期的修改雕琢,精挑细选出了上千个笑话精品,于是才产生了这套极具特色的作品集。可以说这套笑话丛书是当之无愧的幽默精品,它凝聚了《故事会》编辑部的所有编辑的智慧与辛劳。

此套丛书以笑话为载体,讲述了人生百态,幽默诙谐,令你忍俊不禁,让读者在轻松幽默的氛围中品味人生、领悟真理。该丛书最大的亮点在于强化了色彩元素,12本书按照

内容的定位,每本都有自己的色调。

　　懂生活才懂幽默,懂幽默才能更好地品味生活。希望这套笑话丛书能够带给广大读者一种全新的幽默体验,营造一种特别的幽默氛围,唤醒我们的幽默潜能,自娱自乐自赏自识,快慰从容地去品味幽默,享受生活。

编者

2022 年 7 月

1. 皮肤的功能

妻子在家里批改她班上学生的试卷,边批边给丈夫念一些学生的答案。

考试的科目是"人体学"。

其中第一个题目是这样的:"试举出皮肤的一项主要功能。"

一位学生答道:"使看你的人不至于恶心。"

2. 惊讶

儿子被老师布置的作业弄得头晕眼花,看到在一旁悠闲地看着报纸的爸爸,于是便向爸爸求救:"爸,你能帮我找找最小公分母吗?"

爸爸惊讶地说:"什么,人们还没找到它? 我上学时就已经开始找了!"

3. 理由

父亲对正准备上学的儿子说:"皮埃罗,今天不要去上课了。昨天晚上,妈妈给你生了两个小弟弟。明天,你给老师解释一下就是了。"

儿子眨了眨眼睛,很高兴地点点头说:"爸爸,明天我只说生了一个;另一个,我想留着下星期不想上课时再说。"

4. 规劝

有一次,小丽和男同学谈到镜子,他说:"你们女孩子别的东西或许会没有,但是镜子一定最多。"

小丽不以为然地接口道:"那倒未必,我宿舍里就一面镜子也没有。"

男同学迟疑了数秒,苦口婆心地对她说:"你要面对现实!"

5. 孰重孰轻

母亲节前几天,老师在课堂上问同学将如何表达自己对母亲的孝心。

他问一位远离家乡来求学的学生道:"你是不是要利用假日回家看看母亲?"

学生答道:"为了应付考试,恐怕没时间回家了。"

"那么你认为是考试重要,还是母亲重要?"老师又接着问。

"我妈认为考试重要!"学生毫不犹豫地回答。

6. 两个理由

母亲清晨催儿子起床去学校。

儿子赖在被子里怎么也不愿意去,并对母亲说:"我不去有两个理由。孩子们恨我,老师们也讨厌我。"

母亲说:"我告诉你应当去学校的两个理由。第一,你已经

四十五岁了;第二,你是校长。"

7. 兄弟般的友爱

思想道德课上,老师为了使学生们充分理解什么是慈善,说道:"如果我看到有人用力抽打毛驴,便去加以阻止,我所表现的是一种什么美德?"

"兄弟般的友爱。"一个学生举手回答。

8. 爸爸五岁了

幼儿园里老师在和小朋友们聊天。

"小珍,你能说出你爸爸今年多大年纪了吗?"幼儿园的老师问。

"爸爸今年五岁了。"小珍答道。

老师笑了:"小珍,再想想,难道你爸爸和你一样大吗?"

小珍肯定地点点头道:"是的,我爸爸亲口对我说过,他是从我出生那天开始做爸爸的。"

9. 越多越糟

小明怯生生地跑到老师办公室,对老师说:"老师,今天批家庭作业,给我打零分行吗?"

老师非常疑惑问道:"为什么?"

小明解释道:"昨天您给我打了 50 分,结果爸爸用鞭子打了我 50 下;如果您给我打零分的话,他就不会打我了。"

10. 找原因

妈妈拿着一张儿子的考卷,对儿子说道:"去年考试你得全班第一,我真为你骄傲,怎么今年会考得这么不好?"

彼得非常诚恳地向妈妈解释:"妈妈,你知道吗,每个同学的妈妈都希望自己的孩子考试得第一。可如果我老考第一,那他们的妈妈怎么办呢?"

11. 看守苹果

一个天主教小学里的孩子们正在自助餐厅内排队准备午餐。一张桌子的一端摆放着一大堆苹果。

修女在苹果托盘上压了一张纸条,上面写着:"每人只准拿一个,上帝在注视着。"

桌子的另一端放着一堆巧克力棒,一个孩子也写了一张纸条:"想拿多少就拿多少,上帝在那边看着苹果呢!"

12. 游说

班里公开投票选举班花。

相貌很一般的丽华走上讲台发表选前演说:"如果我当选

班花,那么再过十年,在座的姐妹们都可以向老公骄傲地说,我上大学时比班花还漂亮!"

结果,丽华全票当选。

13. 无人合作

考试成绩出来了,班级的篮球队长考了班级倒数第一,老师非常无奈:"你的考试成绩怎么不像你打篮球那么棒呢?"

学生一脸委屈地说:"老师,篮球场有人合作,可考场上没有人合作呀!"

14. 初学中文

有一外国学生初学中文,十分吃力。

这天中文老师问他:"如果我想让某人到这边来,用中文怎么说?"

他回答:"这边请。"

老师听后很满意地点点头,又问:"那么,如果我想让某人出去,怎么说?"

外国学生说:"首先我走出去,然后再对他说:'这边请。'"

15. 低等动物

俄国著名生物学家一次正在上课,突然间一个学生恶作剧,

学起了公鸡叫鸣,引起哄堂大笑。

　　然而教授却没笑,他煞有介事地看了一下自己的表说:"我的这只表时间不准,没想到现在是凌晨。不过,同学们请相信我的话,公鸡报晓是低等动物的一种本能。"

16. 西瓜请假

　　考察团要到小学来观摩教学。

　　前一天,老师在为一节示范课做准备,她对学生们说:"明天,我会问:'人们常吃的水果都有哪些?'你们就踊跃回答。我来布置一下。"

　　她用手分别指着一个个学生,"你说苹果,你说葡萄,你说草莓,你说香蕉,你说西瓜,你说荔枝……"

　　第二天,考察团来到了学校,示范课开始了。

　　"人们常吃的水果都有哪些?"老师问道。

　　准备好的学生一个个回答:"苹果!"

　　"葡萄!"

　　"草莓!"

　　"香蕉!"

　　突然,教室里安静了一下,然后一个学生大声问:"老师,西瓜请假没来,还要继续说吗?"

17. 作弊

考试结束,小东和小西在考场外面窃窃私语。

小东神神秘秘地对小西说:"小王考试作弊被抓到了,你听说了吗?"

小西问:"怎么回事?"

小东说:"他在考试时,用手伸进衣服里数自己的肋骨。"

小西还是搞不明白:"那又怎么了?"

小东凑近小西的耳朵小声说:"嘿嘿,那是人体解剖课考试呀!"

18. 迅速

在传播学课上,一个学生问教授:"怎样才能把一件事情迅速地告诉别人。"

"你可以通过电话。"

"如果我想在更短的时间内告诉更多的人呢?"

"你可以通过电视。"

"如果我想再快一点,知道的人再多一点呢?"

"这样……你可以试试把这事情告诉一个女人。"

19. 观察报告

生物老师让大家写一份关于某一动物的观察报告。

阿明捉了一只跳蚤,放在手中对它说:"跳!"跳蚤跳了起来……

然后,阿明折断了跳蚤的腿,又将它放在手中命令道:"跳!"跳蚤不跳了……

于是,阿明在观察报告中写道:"实验证明,折断跳蚤的腿,可以使跳蚤成为聋子。"

20. 失败的作弊

考场上,甲生偷偷扭过头来问乙生:"喂,'情人眼里……'这话的下半句咋说?"

乙生答道:"出西施。"

批阅试卷时,老师哑然失笑,原来甲生的试卷上写的是:"情人眼里出稀屎。"

21. 不长而"粗"

校园里一群学生准备去食堂买饭,看到有几个已经吃好出来的同学,于是就问他们:"同学,食堂买饭的队伍长吗?"

那几个同学答道:"不长,但是很粗。"

22. 上课

在一个大风雪天,一位哲学教授开车去75里远的大学上

课。一路上车开得很慢,也很困难,可教授还是准时到达了课堂。

这时课堂里只有一人来听他的课,等了一会儿,还未见有其他学生到来。

于是,他匆忙讲完了课,准备离开。

"喂!别走,"那位听课的人说,"下面,该我上课了!"

23. 只错一个字

王小明对自己的同桌说:"昨天我在作文里只写错了一个字,就被老爸狠狠揍了一顿。"

同桌很惊讶地问:"哪一个字?"

王小明说:"不就是把'列祖列宗'写成'劣祖劣宗'嘛。"

24. 最吃惊的

新学期开始,每个男生都要上台自我介绍。当一位很清秀的男生自我介绍的时候,主持人调侃地问:"请问你有没有被别人误以为是女生?"

"当然,"那男生不以为意,"从小学时老师就一直把我当作女生,直到有一天我一气之下剃光了头发。"

"那老师们一定都很吃惊吧?"

男孩点点头接着说:"嗯!不过最吃惊的不是老师,而是那位很殷勤地为我提了一年书包的男生。"

25. 对答

小林非常害怕写作文。

一天,他向同桌小非借作文本看。为防止他抄袭,小非在后面附了一句:"版权所有,不得翻录。"

第二天,小林把作文本还给小非,在后面又加了一句:"如有雷同,纯属巧合。"

26. 迷你裙

演讲比赛结束之后,班主任做总结:"我们讲话时,语言要简练,要有艺术性。林语堂先生说过一句话,'一篇精彩的演讲,应该像少女穿的迷你裙,越短越好'。"

一个学生举手提问说:"那要是一句话也不说呢?"

27. 报数

某学校初一年级正进行军训。教练对学生小明喊道:"第一排,报数!"小明莫名其妙地看了一眼教练,没动。

教练再次对着小明喊:"第一排,报数!!"小明不知所措地看着教练,还是没动。

教练火了,指着小明大喊一声:"第一排,报数!!!"小明慢吞吞地走过去,神色无奈地把树抱紧。

課间笑话

28. 生理图

生物课上,老师问学生:"肠在胃的哪一面?"

学生答道:"南面!"

老师听了很诧异。

学生道:"在地图上,凡在下面的都是南面。我想生理图当然也是一样的。"

29. 一字之差

某校食堂开放早餐,门口立起一块小黑板。上面写着"小炒、便饭"这四个字,并且是两个字两个字横着写的。

买早餐的同学很多,就在快卖完时有位男同学焦急地跑了进来,对卖饭的人说:"来一碗小便炒饭!"

30. 好主意

有个学生上课时心不在焉,眼睛老盯着操场上正在上体育课的外班同学。

老师批评他:"你呀,身在曹营心在汉,人在教室,心在操场,这怎么行呢!"

学生听罢恳求道:"老师,让我人去操场,心留在教室行吗?"

31. 尽孝

老师教学生们尽孝,说回家后要向父母嘘寒问暖,问他们一天工作顺不顺利、累不累等问题。

第二天老师要学生们报告父母的反应。一位同学说:"我的父母说:'你缺多少钱,就说吧!'"

另一位同学说:"我才倒霉呢!我父母问我,'是不是今天发成绩单了?'"

32.F4 键

电脑课上,老师正在提问:"同学们,你们知道 F4 键的作用是什么吗?"

学生们异口同声地答道:"F4 键可以让显示器下流星雨!"

33. 破釜沉舟

老师讲述完项羽为激励士气破釜沉舟的故事后,提问说:"谁能举出生活中破釜沉舟的例子?"

一学生答道:"我为了这节课能安心睡觉,在上学的路上把课本全扔了。"

34. 公共课

校长对新来的公共课老师说:"有一点你应该特别注意,当

你讲完课后,应该向学生鞠个躬,这是礼节。然后,你一定要踮着脚尖走出去。"

"为什么要踮着脚尖呢?"

"这样就不会吵醒那些睡着的学生了。"

35. 爸爸跟不上

办公室里,老师在训斥一个成绩原本很优秀的学生。

老师说:"我真不明白,你一向是我最得意的学生,样样第一。可是半个月以来,你忽然一塌糊涂,什么功课都不行了。到底是怎么一回事呢?"

学生支支吾吾地说:"可能……可能是爸爸跟不上了……"

36. 数学更差

课间,老师找一个学生谈话:"你这次作文错别字太多,我叫你每个错别字重写一百遍拿来,你怎么只写了六十遍?"

学生无奈地说:"可见我的数学更不行。"

37. 叫阿姨

刘伟同学是南方人,称呼别人的时候名都会加上"阿"字,如阿伟、阿健什么的,显得很亲切。

一天,他在女生宿舍楼下,大声呼叫他的女友刘怡。"阿

怡""阿怡",连叫好多声都不见动静。

正想再叫的时候,一楼的窗户打开了,宿舍管理室的阿姨探出头来:"谁叫我呢?!"这个同学大惊,落荒而逃。

38. 足球效应

老师组织同学们收看世界杯。结束后,组织大家讨论,主题是:在学习上如何发扬足球精神。

有同学发言说:"如果说结合学习,我认为我们之所以考试分数低,就因为球传得不好,有些人不自觉,别人把球传给他,他用完了就不肯再往下传。"

39. 本科老鼠

某大学宿舍经常被老鼠光顾,学校知道后就给他们发了老鼠药,结果无一老鼠中计。

于是大家想了个办法,将一包花生仁和老鼠药混在一起诱其上当。

第二天,大家起床发现花生仁一颗不剩,而老鼠药一颗也不少。

大家不由得感叹道:大学宿舍里的老鼠都是本科毕业的。

40. 在干什么

学生们特别喜欢音乐史课,因为任课的音乐老师非常幽默。有一次考试时,他出了这样一道题目:"巴赫有20个孩子,他一生中把大部分时间花在(　　)上面。"

有些学生比较调皮,回答在"睡觉"。有些学生比较严肃,回答在"德国"。还有人认为"在作曲"。但没有人答对。

学生问老师正确答案是什么,他笑着说:"在还债。"

41. 将帅风度

一天,阿强去隔壁宿舍串门,看见一位同学正在睡觉,鼾声震天,睡态不佳。

第二天,他俩见面时阿强对对方说:"你睡觉时很有将帅风度。"

那位同学一听非常高兴,追问道:"说具体点,像哪位元帅?"

"天蓬元帅。"

42. 又痛一遍

王立喜欢旷课,每次都谎称身体某部位痛。

曹老师任教该班一年,收集了他的所有假条。细细一读,发觉他全身已痛遍了。

一天王立又托人交上假条,称头痛难忍。曹老师皱眉道:"看来,他开始痛第二遍了。"

43. 哈佛毕业生

一个年轻人刚从哈佛大学毕业,一想到自己的未来就兴奋不已。

他上了辆出租车,司机问:"你好!要去哪?"

"我是哈佛大学2000届毕业生,我刚毕业,我只想出来好好看看这个世界,看看这个世界将给我一个什么样的机会。"年轻人兴奋地说。

司机回过头,握住年轻人的手:"祝贺你!我叫米琪,哈佛49届的。"

44. 形容

期末考试后,一个学生看着镜中的自己容颜憔悴,不禁对室友说:"我的样子好像老了十年。"

室友说:"你比我好,我的样子好像只剩下十年了。"

这时候,另一个室友忍不住插嘴说:"你们都比我好,我的样子好像已经死了十年。"

45. 盖章

自习课上,老师在检查学生试卷上家长盖章的情况。

一个学生的试卷上没有章印,老师便问:"你没有把你的试卷让父母看吗?"

学生回答:"看过了。"

老师问:"那怎么没有家长盖章?"

学生指着手臂上的藤鞭伤痕说:"章盖在这里。"

46. 漏网之鱼

老师催促学生交作业,他扬了扬手上的作业本,问:"都交齐了吗?不会有漏网之鱼吧?"

有位学生怯怯地说:"老师,那条鱼明天自投罗网可以吗?"

47. 美眉的关心

一次,小强去学校的开水房打开水,进去才发现里面已经挤满了美眉,他精神抖擞地进去,潇洒地排队。

不一会儿,后面又进来了好多美眉。轮到小强了,他把暖壶对准龙头……拧开……开水突然溅出来,手上淋了不少水,那个痛啊!为了保持风度,小强咬着牙装作没事,身边的美眉关心地问:"没事吧?"

小强感动得连说:"没事没事。"

只见美眉回头对后面的女生说:"真讨厌,今天的水又没开!"

48. 朗读课文

上高中时,有一天语文老师给学生上课,讲的是鲁迅的《药》,老师按惯例先给学生朗读一遍课文。

当读到"花白胡子"等人在茶馆里议论夏瑜的时候,一位迟到的女生在门外喊了声:"报告!"

老师只好中断朗读,冲门外点了点头,女生进来后,老师接着读道:"突然闯进了一个满脸横肉的人……"

49. 三部曲

老师:"这次你考试不及格,所以我要送你三本书。现在先看第一本《口才》,尽量说服父亲不要打你。如果说服不了,赶紧看第二本《短跑》。如果没跑掉,就只能看第三本书了。"

学生问:"什么书?"

老师答道:"《外科医学》。"

50. 大声

老师规定凡是上课讲话的同学,要到教室后面罚站,并且把说话的内容大声说十遍。

有一天上课,小蓝和邻座的同学咬耳朵,被老师抓住了。

老师生气地说:"小蓝,到后面罚站!把你刚刚说的话再大声说十遍。"

小蓝低着头走到教室后面,开始喃喃地说着。

老师喊:"大声一点!让全班都听得到!"

小蓝就大声喊:"老师的拉链没拉,老师的拉链没拉……"

51. 尊称

语文课上,包老师给学生们讲解孔子、孟子的文章时说道:"古代如称对方为'子',那是尊称。"

一位同学说:"包老师,您在古代该怎么称呼……"

全班学生望着包老师笑了。

52. 谁写的

后勤刘主任到教室检查桌椅的保养情况,发现一张空课桌上刻了几行字,顿觉不快,就问邻座学生:"这是谁写的?"

学生探过头一看,上面刻的是《再别康桥》,就说:"是徐志摩写的。"

后勤主任气愤地大声说:"你告诉徐志摩,下午到我办公室去一趟!"

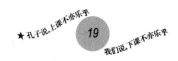

53. 体验

期中考试结束了,小刚成绩不佳,考了个倒数第一。家长会过后,老师让小刚谈一谈成绩落后的体验。

小刚噘着嘴说:"我总算是明白了,落后就要挨打。"

54. 巧妙的回答

地理考试时,有一道题是让同学们任选世界十个国家或地区,并加以简述。

一个学生是这样回答的:从前"柬埔寨"有个老公公,大家叫他"阿拉伯"。有一天,他带着"墨西哥"去爬山,当爬到"新加坡"时,突然来了一只头上长着"好望角"的"巴拿马"。他吓出一身"阿富汗",拔腿跑进"名古屋",赶快关"也门",结果碰掉了一颗"葡萄牙"。

55. 作文

语文老师布置写一篇五百字左右的作文,要求学生当堂完成。

临近下课,李涛才写完二百五十字,同学们都已交了,怎么办呢?他急中生智,在作文的结尾处写上"×2"。

几天后,作文本发了下来,老师给他的得分是"70÷2"。

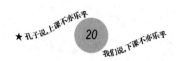

56.苍蝇的命运

一位教授给大学生上课。他见教室里乱哄哄的,便非常生气,大声嚷道:"你们是玻璃上的苍蝇——"

大学生们一怔,不知道教授这个比喻的下文是什么。

教授接着说:"前途是光明的,道路是没有的!"

57.可乐

语文老师在课堂上对学生说:"鲁迅先生曾经说过——我像牛一样,吃的是草,挤出来的是——"

老师说到这里,故意停顿下来,示意学生接着回答。

谁知全班学生异口同声地说:"可乐!"

58.即时垃圾桶

老师上完五讲四美课,就向一位学生提问:"苗苗同学,你平时吃完冷饮后,把废纸扔在地上呢,还是扔在垃圾桶里?"

苗苗想了想认真地答道:"这两个地方我都不扔。"

"那你扔在哪里呢?"老师问道。

苗苗回答说:"我扔在妈妈手里。"

59.月票

大学管理人员对新生进行教育:"男生不准进入女生宿舍

区,女生也不准进入男生宿舍区。违反此规定的,第一次罚款10美元,第二次罚款25美元,第三次罚款60美元。还有什么问题吗?"

一学生举手:"请问,买一张通行月票要多少钱?"

60. 新导体

物理课上,老师对学生进行提问。老师问道:"请回答什么叫导体。"

一学生回答说:"能传导电流的物体就是导体。"

老师接着问:"能举例说明吗?"

学生:"能,比如戏票、香油、花生、苹果,都是导体。"

老师疑惑不解:"为什么?"

学生胸有成竹:"我们那里每次断电以后,把这些东西送给供电所,就马上能通电。"

61. 如法炮制

在医学院的一次实验考试中,学生们只能通过显微镜去查看跳蚤和臭虫的腿部,并辨认出这些寄生虫的标本。

有一位学生一样也没有认出来,最后他离开了实验室。

教授发现了在后面喊道:"你还没有告诉我你的名字呢?"

那位同学回过头,打开门,伸出了他的腿:"那好吧,老师,

你说我是谁?"

62. 保持安静

这天上阅读课,教室里不时有人说悄悄话。老师敲了敲讲台,说:"孩子们,请你们保持绝对安静,静到连一根针落到地上,你们也能听得见。"

过了一会儿,全场静下来了。

这时有个小男孩尖声叫道:"老师,我们没声音了,你扔针吧!"

63. 作弊工具

丽丽对妈妈说:"妈妈,把你的化妆盒给我用一用吧。昨天考试时我的化妆盒给老师没收了。"

妈妈问道:"什么?考试的时候你也在化妆吗?"

丽丽说:"没化妆,我只是照了照自己的牙齿。因为有一道题目是:未成年人有几颗牙?"

64. 要有礼貌

上课铃响了,学生们一窝蜂似的拥进教室。

就在此时老师堵住一个学生问道:"你叫什么名字?"

"王小明。"学生回答。

老师启发他说:"对老师讲话时要有礼貌,必须加上'先生'这个称呼。好,现在回答我,你叫什么名字?"

"王小明先生。"

65. 最美的地方

主管教育的乡长看着新建的校舍感慨万千,他激动地问学生:"你们知道村里最美的地方是哪儿吗?"

"支书家。"一个快嘴的小女孩道。

66. 圆和长

老师看完了小雯写的作文《我的爸爸》,问她:"小雯,为啥你说你爸爸的脸又圆又长。人能长两种脸型吗?"

小雯说:"我爸爸是科长,有人上门来求他办事,有礼脸就圆,无礼脸就长。这难道不是又圆又长吗?"

67. 自习课

迪娜的爸爸很关心女儿的学习。一天,他问迪娜:"自习课的时候,你们教室里有多少人?"

迪娜说:"如果老师在的话,一共有 36 个人。"

"那么,老师不在的话,就有 35 个学生啦?"

"不,如果老师不在的话,教室里连一个人也没有了。"

孔子说:上课不亦乐乎

我们说:下课不亦乐乎

68. 抉择

小强还没想好晚上该干什么。

于是他拿出一枚硬币抛向空中,嘴里念念有词:"正面朝上就去打台球,背面朝上就去看电影,如果硬币立起来,我就去学习!"

69. 近路

体育课上,小明跟小华吹嘘自己的哥哥很有能耐:"我哥哥在校运动会上用一分钟跑完了两千米。"

小华瞪大眼睛说:"吹牛,这不可能,比世界纪录还快呢!"

小明笑了笑说:"这有什么不可能,我哥哥知道一条近路。"

70. 做贡献

一位老毕业生艾克在校庆日那天又回到了母校。

他十分慷慨地对校长说:"现在我是个富翁了,很想为母校做点贡献,送一件能够反映我大学生活的东西。校长,请您告诉我,我上学时在哪方面表现最为突出?"

校长想了想,显得很为难地说:"说实话,艾克,你上我的课时,多半是在打瞌睡。"

"很好,那我就送学校一栋宿舍楼吧。"

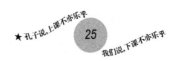

71. 多位数减法

课堂上,数学老师正在讲解多位数减法:"所谓多位数减法,就是先把上下位数对齐,然后个位数减个位数,十位数减十位数……遇到低位数不够时,就向高位数借。"

一学生举手问道:"老师,要是高位数不肯借怎么办呢?"

72. 更脏的手

上课时,老师发现毛毛的手很脏,便罚毛毛站起来,生气地说:"毛毛,把你的手伸直。"

毛毛怯生生地伸出了右手。

老师说:"如果你能从教室里找出一只更脏的手,我就让你坐下。"

毛毛急忙伸出自己的左手,得意地说:"这手不是更脏吗?"

73. 上层建筑

政治课上,老师问:"小威,为什么说经济基础决定上层建筑?"

小威回答说:"举例说明可以吗?"

老师:"可以。"

小威清了清嗓子说:"我校宿舍楼原计划建17层,后因缺乏资金,只建了15层,所以经济基础决定上层建筑。"

74. 至高无上

语文课上，老师向学生解释道："'太'就是至高无上的意思，如太上皇、太空等等。谁能举个例子？"

一个学生立刻举手站起来说："太太。"

75. 找碴儿

小彼得回到家，哭着对爸爸说老师对他不太好，净找他的茬儿。

第二天，爸爸来到学校，准备向老师了解情况。

恰好，老师正在提问："彼得，你来告诉我们大家，一加一等于几？"

小彼得看见了爸爸，于是向爸爸哭诉道："这回您看见了吧，她又在找碴儿了。"

76. 绝对

一天语文丁老师说："苏州网师园有一绝对，没有人能对出来，看看你们有没有能对出来的：'风风雨雨，暖暖寒寒，处处寻寻觅觅。'"

只听下面一位学生不假思索地说："男男女女，漂漂亮亮，世世亲亲爱爱。"

77. 慈善舞会

杰克是校园公认的大帅哥,女孩们都爱慕他。

这天,学校举办慈善舞会,他在现场邀请了一位相貌魔鬼、身材天使的女孩共舞。

女孩受宠若惊地问:"像……像你这样的帅哥为什么会请我跳舞呢?"

杰克似乎没有注意听,口中只是喃喃自语:"没关系……慈善舞会,这是慈善舞会……"

78. 别耽误孩子

同学聚会,两个大学同学见面后瞎扯。

甲:"结婚了吗?"

乙:"没呢。"

甲:"那快点吧,别耽误孩子看北京奥运会啊!"

79. 古老的乐器

音乐课上,老师问杰克:"请回答,世界上最古老的乐器是什么?"

杰克坚定地回答:"是手风琴,老师。"

老师不解地问:"为什么是手风琴呢,亲爱的孩子?"

杰克说:"老师,您没看到手风琴上全是皱纹吗?"

80. 制造证据

　　军训的最后一天,教官好奇地看着一位中学生将一块新肥皂按在墙上来回摩擦,他忍不住问:"为什么?"

　　"如果我不擦掉一部分,"学生老实地回答,"我妈妈会认为我这个礼拜又没洗澡。"

81. 改杀公鸡

　　语文课上,老师讲完"缘木求鱼"这个成语,请同学们再想一个意思相近的成语。

　　一男生答:"杀鸡取卵。"

　　老师道:"错了,'缘木求鱼'指的是方向、方法不对而达不到目的。"

　　男生坦然答道:"老师,我杀的是公鸡。"

82. 怎么老是你

　　英语老师问一同学:"How are you 是什么意思?"

　　学生想 how 是怎么, you 是你,于是回答:"怎么是你?"

　　老师生气了,又问另一个学生:"How old are you 是什么意思?"

　　这个同学想了想说:"怎么老是你?"

83. 结论

舒尔茨是个非常爱迟到的学生。

一次，老师实在忍无可忍对迟到的舒尔茨说："这个星期你是第四次迟到了！你可以从中得出什么结论？"

舒尔茨说："今天是星期四。"

84. 改变世界

全班同学就廉尼一人没有交作业。于是地理老师质问廉尼："为什么没有完成世界地图的描绘作业？"

廉尼低头回答："我怕我画的地图会改变世界。"

85. 我的家庭

老师布置作文："我的家庭"。

小华写道："我家有爸爸、妈妈和我三人，每天一早出门，我们就分道扬镳，各奔前程，晚上又殊途同归。"

接着写道："爸爸是建筑师，每天在工地上指手画脚；妈妈是售货员，每天在商店里来者不拒；我是学生，每天在教室里呆若木鸡。"

继续写道："我们一家人臭味相投，一团和气。但如果我成绩不好，爸爸也会同室操戈，心狠手辣，揍得我五体投地，妈妈只会袖手旁观，从来不见义勇为……"

86. 伸手不见五指

任教美术与设计课多年,小易常鼓励学生发挥创意。

初中有一个绘画习作,题为"手的联想"。

交回来的习作中有一张黑画纸,小易看了半天,发现两面都没画上什么,只在画纸其中一面,隐约找到用铅笔写上的姓名、班别以及命题:"伸手不见五指"。

87. 需要多少时间

一位老师收到一个学生母亲的来信:"亲爱的老师,请你别再给约翰尼布置家庭作业了。'一个人绕特拉法尔加广场走50圈需要多少时间'的那题,让他父亲耽误了一天的工作,可当他走完50圈之后,你却判答案是错的。"

88. 似懂非懂

黛西小姐教的八岁学童数学都不太好,黛西尽心地教。

有一天,黛西出了一道题:"假设一个半胡萝卜十美分,那么一打胡萝卜要多少钱呢?"

学童们低头算了许久,终于有一个小男孩子举手要求重述一遍。

"假如,一个半胡萝卜十美分……"黛西复述道。

"哦!"小男孩恍然大悟道,"我一直把它当卷心菜算哩。"

89. 自己拿着

体育课上,老师教学生体操。一个学生问:"老师,做踢腿动动时,我的两只手放在哪儿好?"

体育老师头也不回地回答:"自己拿着。"

90. 挑拨父子关系

上小学一年级的汤姆很调皮,常常让老师头痛不已。

这天,因为他用毛毛虫吓哭了一位女同学,老师又把他叫到教导室训话。

老师拿他没有办法:"明天把你爸爸请来,这事我非告诉他不可!"

汤姆说:"老师,有什么事不能跟我说吗?为什么每次都非请我爸爸来不可呢?"

老师态度很坚决:"这件事很严重,我必须亲自跟你爸爸谈!"

汤姆抱怨道:"老师,为什么您每隔几天就要挑拨一下我们父子关系呢?"

91. 省略

语文课上,老师在强调一些重要语法时说:"量词有时不能随便省略,哪位同学能举一个例子?"

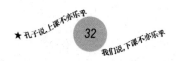

小强自告奋勇站起来发言:"比如'他给我一支枪!'如果省掉量词'支',那我的命运就大不一样了!"

92.高考

孩子参加完高考英语口试,父母问他考得怎么样。

孩子信心满满地说:"我看挺不错。不过考官好像是个虔诚的教徒。每当我开始回答问题时,他都要抬头看着天花板,重复一句'我的上帝'!"

93.翻一番

四年(2)班学生王小刚得知自己的期末考试成绩后,兴奋地对爸爸说:"爸爸,上学期期末考试我两门主科总共考了66分,您提出本学期期末考试两门主科总成绩必须翻一番(翻),这一目标我现在终于实现了。"

爸爸惊奇地问:"你真的考132分?"

王小刚纠正道:"不,是99分。"

94.妙解

一次语文课上,教授向同学们解释"惊慌失措""不知所云""如释重负""一如既往"四个成语。

恰巧,一个学生正在呼呼大睡。

教授一拍桌子,该生顿时坐了起来,拿起书便看,教授说:"这便是惊慌失措。"

接着,教授让他回答问题,他站起来支吾了半天。这时教授说:"这便是不知所云,请坐!"

这位同学长长地舒了一口气坐了下来。教授又说:"这便是如释重负。"

等教授走上讲台,那同学又趴下睡觉。教授猛一转身,指着他说:"这便是一如既往。"

95. 让人烦恼的事

办公室里,新来的老师在向班主任诉苦:"伊凡是班上最淘气的孩子。更让人烦恼的事是,这孩子从来不旷课。"

96. 先见之明

同宿舍一个哥们儿睡在小刚上铺。

一天,床的挡板坏了,睡之前他担心地说:"晚上不会掉下来吧?"

半夜,突然"扑通"一声,他突然坐在地上,裹着被子,自言自语道:"哎呀,还真的掉下来了……"

97. 家庭作业

下课后,老师对伊万说:"让你爷爷来学校一趟。"

伊万问老师:"老师,不需要叫我爸爸来吗?"

老师说:"不,伊万。叫你爷爷来就可以了。我要告诉他,他儿子在你的家庭作业里做错了一些题。"

98. 保险措施

化学作业刚发下来,同学们争看老师的批语。

只听甲拿起乙的念起来:"当浓硫酸滴到皮肤上时,应先用布擦干,再用大量的水冲洗,再用布擦干,再喷上些香水,再涂上一层玉米油护肤膏。"

老师批示道:"还要不要桑拿、按摩?"

99. 神通广大

一位校长信奉上帝,时刻不忘宣扬神的恩典。

在毕业典礼仪式前的闲谈中,他得知一位女生要当空姐,便对我们说:"你们看,她每天都将在空中工作,离上帝最近,所以她长得犹如天使。"

话音未落,另一位女生掩面而泣。

校长忙问何故,女生哽咽道:"我马上要去当地铁服务员……"

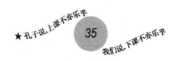

100. 做笔记

为考英语四级,大家都赶紧拼命学英语,一些笔记都不得不在其他专业课上做。

一天,历史老师发现一个学生忙得不亦乐乎,心中诧异,遂走下讲台,悄悄到他身边查看。

该生忙了一阵,觉得气氛不对。他猛抬头,见老师正笑嘻嘻地对他说:"你觉得你用英语做笔记比用汉语记得快?"

101. 谁懂得多

一个小男孩趴在床上看《世界名人录》,突然问爸爸:"做爸爸的总比儿子知道得多吗?"

爸爸回答:"当然啦!"

小男孩问:"电灯是谁发明的?"

爸爸回答说:"爱迪生。"

小男孩又问:"那爱迪生的爸爸怎么没有发明电灯?"

102. 重抄的作文

小姜老师要求学生作文中凡是她批改过的地方,都要重新抄一遍,以加深印象。

小明以《我的老师》为题写了一篇作文:我的老师是一位十八九岁的姑娘,好看的身材,白白的脸蛋,特别是一双明亮的

大眼睛……

小姜老师阅后,在几个形容词上用红笔重重地批上:"不确切,不用细说,修饰过分,多此一举。"

第二天一早,小明按老师要求,把重新抄好的作文本交了上去:我的老师是一位不确切的姑娘,不用细说的身材,修饰过分的脸蛋,特别是多此一举的大眼睛……

103. 借成绩单

老师得知约翰向吉米借了成绩单,觉得很奇怪,于是问吉米:"你为什么要把成绩单借给约翰呢?"

吉米讷讷地回答:"不,我不是故意的。他说想吓唬一下自己的父母。"

"那结果呢?"老师又问。

吉米回答说:"结果……结果约翰的屁股肿了。"

104. 无言以答

数学课上,老师问了大家一个问题:"父亲有一头奶牛,这头牛每天产2升奶,那么5天一共产多少奶呢?彼得,你来回答。"

彼得说:"我父亲没有奶牛。"

老师接着说:"汉斯,你来吧。"

汉斯回答:"我没有父亲。"

老师于是问下一个同学:"赫兹,你呢?"

赫兹回答说:"我家的奶牛不产奶。"

105. 如果天不下雨

一个小伙子写信给他的女朋友:"亲爱的,为了你,我准备奋不顾身地横渡大洋,毫不犹豫地跳进深渊;为了见到你,我要克服任何困难……星期天我准时到你那里去,如果天不下雨。"

106. 中期业绩

期中考试前一天,王老师组织全班学生进行一次综合测试,但成绩比以前几次更糟。

他怒气冲冲地来到教室训学生:"真不知你们是怎么读书的,整个班都是熊气冲天,各科成绩都是大跳水,还有几位优等生,居然连拉了三根长阴线……"

碰巧校长路过时听到了,他把王老师叫到外面,生气地问:"干什么呀你?你是在上课还是在炒股啊?哼哼,等明天你们班的期中业绩出来,我再找你算总账!"

107. 鸡蛋粥

食堂里,学生甲和乙发现打的粥里居然有一小块鸡蛋。

学生甲高兴极了:"学校终于开始关注伙食质量了,鸡蛋粥

★孔子说,上课不亦乐乎

38

我们说,下课不亦乐乎

不错,味道好,营养也好。"

学生乙若有所思地摇摇头:"食堂又忘记洗锅了。"

108. 上星期的猪排

韦小宝到学校食堂吃饭,发现猪排不太新鲜,就去对打菜的师傅说:"师傅,我发现这星期的猪排没有上星期的好吃。"

师傅说:"胡说,这就是上星期的猪排!"

109. 差不多

小华特别仰慕北京大学,把它当作自己的奋斗目标。

这天,他放学乘车回家,在北大车站上来一个人,那人其貌不扬,拎了一只口袋,上面赫然印着"北大"两个字。

小华用崇敬的目光看着他,心想:"真是人不可貌相啊,别看他衣着随便,说不定是个研究生呢。"

不久,车到站了,那人下车的时候,展开手里的口袋,原来刚才有两个字被遮住了,应该是——"东北大米"。

110. 惊人的相似

一位著名学者回母校作讲演,在空闲时候,他就向原先住过的宿舍走去。

这时,在那个宿舍里,一个漂亮的女学生正在给一个英俊的

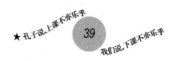

男生亲昵地补习功课,听到了那学者的脚步声,男生慌忙将女生藏到了衣柜里。

学者敲开了门,回到了阔别已久的宿舍,他感慨地说:"一样的感觉!"说着,他在房间内来回走着,打量着。

突然,他打开了衣柜,看到了一副窘态的女生,学者微微一笑,又将衣柜门关上,感慨地说:"一样的女孩!"

一旁的男生连忙解释:"这是我的表妹……"

学者又感慨地说:"一样的谎言!"

111. 13 级疼痛

生理老师在上课:"医学上把痛分成12级,第1级是被蚊子叮咬那种程度的痛,第12级是最痛的一级,那就是女人分娩时的那种痛。"

这时,有人举手问道:"老师,那有没有第13级的痛呢?"

另一个学生抢着回答:"就是女人在分娩时、被蚊子咬了一口那种痛嘛!"

112. 短信息

小李爱提弄人,没事就给同事发短信息。

有一次,他给一个朋友发了手机欠费的通知,害得那人白跑了一趟。

这天深夜两点,小李睡得正香,突然铃声大作,原来是一条手机短信,小李一看,气得差点晕倒。那短信是:"姿势不对,起来重睡!"

113. 交换

学生们暑期旅游,途中塞车。一个男生找到一只小板凳,坐在路边看山野景色。

这时,一个女生拿着一只大石榴,俯身对他说:"我用一只石榴换你一只板凳。"

男生就和她换了。刚准备剥石榴,女生对他说:"待会儿我要用板凳换回石榴的。"

114. 恐怖食堂

学校有两个食堂,大食堂是学生食堂,小食堂是老师食堂。

一天,小食堂门口贴出一张告示:经研究决定,本食堂专卖老师,考虑到学校的实际情况,兼卖学生。但先卖老师,卖完老师,再卖学生,卖完为止。

115. 要对学生好

校长找新来的老师谈话,告诉他要善待学生:"假如学生考试得 A,那么你要对他好,因为他以后可能是科学家,会对社会

41

有所贡献;假如有学生得 B,你也要对他好,因为他以后可能会返校当老师,成为你的同事;假如有学生得 C,你也要对他好,因为他以后可能会赚大钱,弄不好会捐给学校好多钱;假如有学生作弊被抓到,你更要对他好,因为他以后很有可能要竞选议员或总统。"

116. 父与子

年轻的女教师正在和一个调皮的男生谈话:"你近来常对女同学动手动脚的,我要找你爸谈这件事!"

"老师,你最好别去。"

老师疑惑地问:"为什么?怕你爸打你吧?"

"不,我怕我爸见了你,也会动手动脚。"

117. 好意

一天,一个男孩对他的老师说:"老师,我爸爸想知道您是否喜欢吃烤猪肉。"

"当然,"老师说,"你告诉你父亲,多谢他记挂着我。"

几天过去了,那个学生再也没提起烤猪肉的事。

最后,老师对那个男孩说:"我以为你父亲打算送一些烤猪肉给我呢。"

"是的,"那男孩说,"他本来是这样打算的,不过,那头病猪

后来又好了。"

118. 英语老师

　　为了尽早培养儿子的外语能力,朱刚花了不菲的学费,为七岁的儿子报读了一个由外籍老师任教的英语班。

　　第一天放学回来,朱刚问兴冲冲走进家门的儿子:"今天有什么有趣的事情吗?"

　　"我们的英语老师太有意思了,"儿子激动地说,"他金色头发,蓝色眼睛,高鼻梁,就像一个真的外国人一样。"

119. 丑小鸭

　　美术课上,学生拿着上次批改的成绩向老师询问:"老师,为什么其他同学画的丑小鸭都得了90多分,而我画的这只才得60分呢?"

　　老师解释说:"你画的分明是小鸡嘛!"

　　学生立刻辩解道:"长得像鸡的鸭子才丑呢!"

120. 队形

　　大明和小华饭后在校园里散步。

　　突然大明有所发现地说:"我发现排队的形式随着年龄的增大会有所不同。例如小学生总是一队队的,而中学生却是一

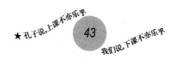

堆堆的。"

小华问:"那大学生呢?"

大明说:"那还用问,一对对的嘛!"

121. 办法不行

教师办公室里,校长问班主任:"凡尼亚·萨里柯夫娜老师,听说,昨天你的班里有个学生没洗脸就来上学,你把他轰回了家,这个办法效果怎么样?"

班主任说:"这个办法看来不行,今天班上出现了一大半没洗脸的学生。"

122. 半夜惊叫

晚上,女生宿舍的洗手间里突然传来一声尖锐的叫声。

其他女生们急忙抄起扫把、木棍冲进去。只见一个女生,手拿着毛巾,脸流一行清泪。

众人急忙问道:"坏人哪里去了?"

女生良久不语,只是低头垂泪,其楚楚可怜的模样让人看了心碎。大家多次追问之下,女生终于开口了:"我把洗脚毛巾错当洗脸的了。"

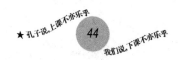

123. 微型家长会

晚饭的时候,儿子一本正经地问爸爸:"爸爸,星期五下午您有空吗?"

爸爸问:"什么事啊?"

儿子解释说:"学校要开一个微型家长座谈会。"

爸爸又问:"什么叫微型家长座谈会?"

儿子只好更加耐心地解释道:"就是只有班主任,你和我参加。"

124. 歪打正着

小张在小学教书,人长得挺帅的,但只要一紧张,讲话就会结巴。

有一次监考,他发现有个同学低着头翻书找答案,他气急败坏地指着作弊的学生大吼:"你、你、你、你、你、你竟敢作弊,给我站起来……"

话一说完,教室里立刻站起了六个学生……

125. 基本要求

老师向一年级的学生解释他上课时的基本要求:"我知道我上课的内容可能很枯燥乏味,所以如果你们在课堂上频频看表,我是不会介意的。"

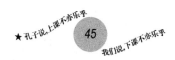

他顿了顿,严肃地说:"但是,如果你们故意把表往桌子上摔,来确定它是否还走的话,我是非常反对的。"

126. 警告

学校进行体检,同学们排着队一个一个测体重。

一个很胖的同学刚踏上电子秤,警示器马上响起来:"对不起,请不要挤,一个一个上。"

127. 给我瞄一下

一天小明要考试,但他完全没准备。考试开始前,他跟前面的同学说:"等会儿我踢你椅子一下,你就给我瞄一下。"

考试开始了,小明踢了前面同学的椅子,可一点反应也没有。

小明急了,"砰砰砰"又连踢三下。只听前面那位同学连叫了三声:"喵!喵!喵!"

128. 童言

萨沙是幼儿园里最淘气的孩子。

有一天,一个新来的年轻女教师生气地对萨沙说:"我真想当三天你的妈妈,把你好好管教管教!"

萨沙想了一会然后说,"好吧!"我这就回去跟爸爸说,也许

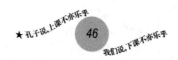

他会同意的。"

129. 留级

小丁是小学四年级的学生,因学习成绩差,老师叫他留级读三年级。

他爸爸知道后非常生气。小丁安慰爸爸说:"爸爸,你别为我难过,我们数学老师也留了级,校长叫他下学期教二年级去。"

130. 多余的

小张有一次在作文上这样写道:"我的妈妈是个45岁的中年妇女——"

老师批改作文时,把45岁那几个字圈起来,旁注道:"多余的。"然后就把作文本发回去了。

隔天,学生送上改正后的作文,上面写着:"我的妈妈是个多余的中年妇女。"

131. 还想吃蛋糕

一个小同学从学校带了个"黑眼圈"回家,妈妈忙问怎么回事。小孩答道:"我跟小王打了一架。"

妈妈劝孩子说:"打架不好,明天你带块蛋糕给小王,向他道歉。"

第二天放学后,小孩又带了个更大的"黑眼圈"回来。

"天啊,这是谁干的好事?"妈妈大惊失色地叫道。

儿子答道:"小王干的,他还想吃蛋糕。"

132. 遗传

家长会上,班主任生气地说道:"汤姆同学经常迟到,影响极坏!"

这时教室门被推开了,一个男人风尘仆仆地赶到会场,有点不好意思地站在门口。

班主任问:"您是哪位同学的家长?"

"我是汤姆的爸爸!"

133. 问题

一堂数学课上,老师问同学们:"谁能出一道关于时间的问题?"

话音刚落,有一个学生举手站起来问:"老师,什么时候放学?"

134. 她没钱寄信

在教完《卖火柴的小女孩》一文后,老师给同学们布置了一篇作文:"请你代卖火柴的小女孩给她妈妈写一封信"。

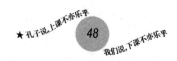

几天以后,大部分同学都交上了自己写的作文,只有李龙没交。

老师问他为什么,他说:"卖火柴的小女孩没钱寄信。"

135. 校长

在联邦德国,学校变得越来越大了。尽管如此,许多学校的校长还是坚持认为,记住那些曾在他们学校读过书的孩子们的名字是很有必要的。

在一次集会上,一个校长认出了一个从前的学生:"哦,您是维尔乐·米勒,对吗?1964年您读六年级。"

"正是这样,校长先生。"这个年轻人回答说。

"您看,我从不会把我从前的学生忘掉。"校长很自豪地说,"那么,您现在在干什么工作呢?"

维尔乐·米勒的脸红了:"我现在是您学校的一名数学教师,校长先生。"

136. 分数

一名考生在考数学时,最后一道题不会做,他偷看到了别人的答案,但过程还是不会。

快交卷时,他灵机一动,在卷子上写道:运算过程略。接着把答案抄在后面。评卷老师看后,在答案后打个"√",接着又写

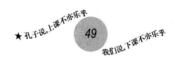

道:分数略。

137. 总统

一个学生在一篇作文中写道:假如我是总统,我就首先开除教育部长,因为学生的作业太多了。

学生父亲见到这篇作文,生气地补写了一句话:如果不做作业,那永远当不上总统。

老师批改这篇作文时写道:他已是总统了,班上的差生都听他的指挥,集体逃学。

班上的差生们闻知此事抗议地写道:老师,请别叫我们"差生",应该称总统随从。

138. 非洲野猪

生物老师正兴致勃勃在讲台上描述非洲野猪的长相,无意间目光往台下一扫,发现多数学生竟在打瞌睡。

他很恼火,喝道:"你们要看着我啊!不看我,你们怎么知道非洲野猪长得是什么样子?"

139. 什么物体最重

上物理课时,教师问:"什么物体最重?"

小刚站起来答:"我家外公最重!"

老师奇怪地问:"为什么?"

小刚答:"我爸爸写信时总称他'泰山'。"

140. 小男孩问价

一个男孩走进商店问:"多少钱一公斤面包?"

"四法郎。"

"多少钱一公斤白糖?"

"十二法郎。"

"两公斤面包和两公斤白糖共多少钱?"

"三十二法郎。"

"谢谢,请把您回答的问题写在本子上。"

营业员写完后,问:"你问这些干吗?"

小孩回答说:"这是我们老师课堂上要问的。"说完,就回家去了。

141. 不是他烧的

小强的老师对小强的妈妈说:"今天上课,我问小强圆明园是谁烧的,他居然说不是他烧的。"

小强的妈妈一听不乐意了:"老师,我们家小强一贯诚实,说不是他烧的,肯定不是他烧的。"

小强的爸爸听后乐了:"哎,孩子嘛,烧就烧了吧,值多少钱

我们赔。"

142. 别出声

　　狄克和妈妈在公园里散步,突然狄克大声对妈妈说:"妈妈,看那个人,秃头。"

　　妈妈立刻用手捂住狄克的小嘴说:"别出声,孩子,他会听见的。"

　　狄克睁大眼睛不解地问:"难道他自己不知道是秃头吗?"

　　母亲:"……"

143. 不懂就问

　　孩子成绩不好,妈妈特别着急,总是苦口婆心地教导:"跟你说过多少次,不懂应该问老师。"

　　孩子说:"我问过了,老师不肯说。"

　　妈妈问道:"什么时候?"

　　孩子委屈地回答:"就在昨天考试的时候。"

144. 挨了两次打

　　傍晚妈妈下班回来,儿子看到妈妈就向妈妈哭诉:"今天爸爸打了我两次。"

　　妈妈问:"他为什么打你?"

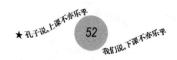

儿子回答说:"第一次是因为我让他看了写满2分的记分册,第二次是因为他发现这是他自己小时候的。"

145. 离题

儿子为了拿到学校论文比赛的优秀作文,特地让他的爸爸帮他写了一篇。

比赛结果出来后,爸爸问儿子:"孩子,我替你写的那篇作文,评上优秀没有?"

儿子很失落:"没有,老师说写得离题了。"

爸爸说:"不会吧,作文题不是《我的爸爸》吗?"

儿子无奈地回答:"是啊,可您写的是我爷爷呀!"

146. 比气功

一气功师到某地传功治病。

一天晚上,大李受功回家,和妻子大谈气功师的功力。

他说:"这位气功大师名不虚传,他在台上一发气,我在台下就感到有一股气直逼过来,令我全身发抖。"

正在旁边做作业的七岁儿子马上接着说:"这有什么了不起。我们老师一发气,全班同学全身都发抖。"

147. 粗心的教授

粗心的教授的一举一动常常使夫人哭笑不得。一天,教授出门带了雨伞,回来时,手里却拿了一根手杖。

又一天,教授外出回来带回了雨伞,便对夫人讲:"瞧,亲爱的,今天我可拿对啦。"

夫人说:"可是你今天出门时是带了手杖!"

148. 记性

大学里上经济课时,教授向学生提问:"债权人与债务人有什么区别?"

一个学生站起来回答:"债权人的记忆力好,债务人的记忆力差。"

149. 不可救药

威尔福德教授对学生伍斯特的拼写十分恼火,但他还是耐着性子开导说:"当你对一个生字的拼法感到吃不准时,应该马上查一查字典。"

伍斯特说:"但是,先生,我从来没有感到吃不准过啊!"

150. 真是笑话

教育局局长上街,看见一个学生没上课,在和其父亲做生

孔子说,上课不亦乐乎

我们说,下课不亦乐乎

54

意,心里有些担忧,上去闲谈几句。他故意问道:"你知道肯尼迪是谁杀死的?"

学生一听十分惊慌:"我,我不知道,反正不是我杀的。"

局长摇摇头,对学生父亲说:"真是笑话,你的儿子竟说肯尼迪不是他杀的。"

学生父亲一听,急着分辩:"你别乱怀疑,这么小的孩子能杀人吗?"

局长哭笑不得,赌气说道:"那你说是谁杀的?"

学生父亲考虑了一下,然后说:"这事该去问公安局。"

151. 缺点

历史课上,老师发现一个同学从头到尾都在打瞌睡。下课后老师问他:"你认识到上课睡觉的缺点了吗?"

他慌忙擦掉嘴边的口水说:"认识到了。缺点是不如睡在床上舒服。"

152. 教条

两小学的篮球队正在进行一场激烈的比赛。为使后备队员有比赛经验,教练把最小的运动员派上场,在裁判鸣笛前,教练对他说:"你一定要看住4号,不管他到哪儿,你都要盯住他。"

过了会儿,教练发现自己队场上少了一个人。教练急忙四

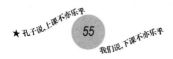

处寻找,只见小运动员正挨着对方那个 4 号队员坐在板凳上。

153. 自作聪明

学生看着老师光秃秃的脑袋问道:"老师,您头上为何是秃的?"

老师得意地说:"这是聪明'绝顶'。"

学生很疑惑地问:"凡是剃光头的都是聪明的吗?"

老师回答道:"那是自作'聪明'。"

154. 关键问题

老师正在讲本学期的最后一堂课。他强调每个学生必须抓紧剩下的时间复习功课,迎接期末考试。

"现在试卷已经交给打字员去打印,大家还有什么问题吗?"

教室里一片寂静。

突然从后排位置传来一个声音:"请问,谁是打字员?"

155. 课上

语文课上,老师正在讲关于抽象名词的概念,他问一个学生:"珍妮,什么是抽象名词?"并且进一步解释说,"就是那种可想象但不能摸的东西,你来举个例子。"

珍妮回答说:"老师,一把烧得通红的火钳。"

156. 座右铭

思想道德课上,老师对学生说:"要谨记'给别人的要多,得别人的要少'这句座右铭。"

一个学生立刻表示很有同感:"对,我爸爸正是这样做的。"

老师便问:"你爸爸是干什么的?"

学生回答说:"拳击运动员!"

157. 为了十块钱

早自习上,一个学生匆匆跑进来。老师问:"你为什么迟到?"

学生气喘吁吁地说:"有人丢了十块钱。"

老师半信半疑地继续问道:"于是你做好事,替他寻找了?"

学生摇摇头说:"我踩在那十块钱上面,直到那人走开。"

158. 好老师

小朱迪生性好动,她的好几个家庭教师都拿她没有办法。

一天,小朱迪刚上完课,她的妈妈便问她:"琼斯·玛丽小姐是你的第5个家庭教师了,她教得好吗?"

小朱迪开心地说:"好极了,妈妈,比以前任何一个都好。"

"感谢上帝,小琼斯终于找到称心的教师了。可是你为什么觉得她好呢?"妈妈仍关心问。

小朱迪笑着说:"妈妈,她来后的第二天就发誓说,我爱干什么就干什么,只要爸爸如数给她月薪。"

159. 手里拿着斧头

老师在一堂礼貌课上讲道:"有一个人错把一棵果树砍掉了,立即意识到了自己的错误,并且向果树的主人道了歉。你们说,果树的主人为什么没有责怪他呢?"

一个学生立即站起身来回答:"是因为那个人手里还拿着斧头!"

160. 课前准备

一个老师正在准备她的公开课。她对学生说:"同学们,今天校长要来听课,希望每个同学积极举手发言,用不着紧张。"

学生问:"老师,如果有的同学让你点了名,答不出怎么办?"

老师回答说:"这没关系,不会回答的同学,举手的时候头低着就是了。"

161. 考试

一位医学院的学生正在教授那儿考试。

"如果一个病人需要发汗,你采取什么措施?"教授提问道。

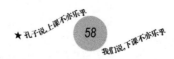

孔子说,上课不亦乐乎
我们说,下课不亦乐乎

"我给他开速效发汗药……"

"请举例吧。"

"热茶、悬钩子……"

"好吧,如果不起作用呢?"

"那就用挥发油、醚……"

"如果这样还不行呢?"

"我试用番红花。"这时,考生额头上的汗珠吧嗒吧嗒直往下滴。

"如果仍不见效?"

"我就叫病人上您这儿考试!"

162. 改变计划

幼儿园休息时,玛丽安和吉米谈话。

玛丽安:你长大当什么?

吉米:我想当兵。

玛丽安:当兵?你会被打死的。

吉米:谁想打死我?

玛丽安:当然是敌人呗。

吉米:要是这样,我就当敌人。

163. 启发式

一天,某校地理老师去上课,带去了地球仪。恰好校长也来听课。

地理老师为了使课上得更活泼些,就问学生:"同学们,今天我们教室里多了一个什么东西?"

"多了一个校长!"

老师见学生们答错了,就指着地球仪启发道:"校长是个东西吗?"

学生们好像突然明白了,齐声答:"校长不是东西!"

164. 尚未发生

一所大学的一名男同学到大学女宿舍看望他的女友,门卫要他填表后才可以进门。

从姓名、性别、地址、年龄、职业……一直填到最后"关系"一栏时,只见这个男同学斟酌半天填下"尚未发生"四个字。

165. 没法自杀

波特金第三次给一位大学生考解剖学,可是这年轻人照样连一个问题也答不出来。波特金没有让他通过考试。

过了片刻,一群大学生来找波特金,并对他说,他们这位同学由于考试连遭挫折,心情极度忧伤。他曾扬言要用刀子刺进

心脏了结自己的一生。

波特金听了以后安慰大家说："不用着急,你们的这位朋友根本找不到心脏在什么地方。"

166. 不识字的害处

老师对一个读书不认真的学生说："不识字的害处很多,你能给我举个例子吗?"

学生摇摇头,一副茫然的样子。突然,一只苍蝇从他眼前飞过,他眼睛一亮,朗朗有声地说："苍蝇常常落到捕蝇纸上被粘住,最后死去,可那纸上明明写着'捕蝇纸'三个字!"

167. 人身保险

经济学老师正在课堂上讲授被保险人与受益人的关系,为了能讲得更形象一点,他举了个例子:"比如说,我投了人身保险,有一天我不幸被车撞死了,我爱人就可以获得赔偿金,她就是受益人,那么我是什么人?"

一个同学在下面回答道:"死人。"

168. 负担

辅导员对大学新生进行入学教育时说:"大学生不宜谈恋爱。"还列出一条有力的论据——谈恋爱要花钱,会加重家庭的

负担。

一个女生在下面小声嘀咕：“话不能这么说,在加重一个家庭经济负担的同时,也减轻了另一个家庭的经济负担呀!”

169. 才能

营销学的课堂上,老师向学生们讲道：“把别人兜里的钱装进自己的兜里,这是才能。”

学生在下面说：“那是小偷。”

老师赶紧补充道：“我说的是让别人心甘情愿掏出兜里的钱,而你自己并不犯法。”

学生似乎明白了：“那就是乞丐。”

170. 小儿麻痹

小丽最近因跳舞拉伤了右腿肌肉,走路相当困难。

这天,她要步行到三楼上课,上楼梯时每走一步,都得把右腿拖一拖。

正走着,只听后面两个女孩低声嘀咕道：“还是这个学校比较正规,要是在我们老家,得了小儿麻痹根本不能上学!”

171. 事出有因

语文课上,老师责问一位学生：“你写的《抢救亲人》这篇作

文,怎么连一个标点符号也没有?"

学生振振有词地答道:"那么急的事怎么能停顿呢?"

172. 一山不容二虎

男老师在课堂上给学生教俗语。他强调说:"俗语是千百年来劳动人民在生活经历中提炼出来的,如'一山不容二虎'。"

学生提出质疑:"如果是一只公老虎和一只母老虎在一座山上,那完全可以相亲相爱、和睦相处的。"

男老师听了,神情大为激动,他对那学生说:"你回家去问问你爸爸,他会告诉你这句俗语是如何正确的!"

173. 多退少补

体育课上,老师让同学们先跑上五圈作"热身"。跑到第三圈时,大家已是气喘吁吁,有胆大者向老师请示:"报告老师,我们已经跑了八圈了,怎么还不让停啊?"

"是吗?"老师故作吃惊状,"那怎么办?怎好让你们吃亏呢?"

接着老师严肃起来,大声说:"全体向后转,再跑三圈! 这叫多退少补!"

174. 三等奖

老师想了解一下新生的情况,就给每个学生发了一张调查表,让大家写下以前所获的奖励。

只见同学们填写的奖励多种多样:有的是"奥数二等奖",有的是"作文优秀奖"……只有一个同学的奖励比较特别,是"商场购物抽奖三等奖"。

175. 直线最短

小强特别喜欢钻牛角尖。

一天课后,他缠着数学老师问:"为什么两点之间直线距离最短?"

老师被他的问题搞晕了,想了半天说:"如果我把一根骨头扔出去,你认为狗是绕一圈去捡呢,还是直接跑过去?"

小强毫不犹豫地说:"当然是直接跑过去啦。"

老师生气地说:"狗都知道的问题你还一直问什么?"

176. 开冷气

老师教学生小毛计算,为了帮助小毛更好地理解,就打了个比方:"商场里开冷气,室内和室外温差一般不大于 5 度。那么当室外温度是摄氏 24 度时,室内的冷气最好开到几度?"

小毛回答:"19 度。"老师很满意,又问:"如果室外是 14

度呢?"

小毛说:"9度。"老师不住地点头:"如果室外是4度呢?"

小毛愣住了:"老师,外面已经那么冷了,干吗还要开冷气?"

177.等级差

女生们都想找到心目中的白马王子,可要求各不相同:大专生说:"我要找一个本科生。"

本科生说:"我要找一个研究生。"

研究生说:"我要找一个博士生。"

博士生说:"我要找一个男生。"

178.叫花子

一个男生站在女寝室楼下大声叫道:"花子,花子……"

管寝室的大妈问道:"你叫谁呢?"

男生答道:"叫花子,308室的。"

于是,大妈大声喊道:"308室的叫花子,有人找!"

179.十分向往

父亲给儿子定下的伙食标准是按考试成绩来划分的:80分吃米饭,70分吃馒头,60分吃面条,不及格的话,那就只能喝稀

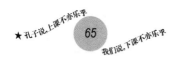

饭,如果想吃饺子,必须要考到 90 分以上。

期末时候,儿子的作文考试题目是《理想》。

儿子认真地想了想,写道:我这学期的理想就是能吃上饺子,但是我清楚地知道,以我常年吃馒头、偶尔还要喝稀饭的水平,离吃饺子的标准还差得很远。

180. 留学与留校

孩子在学校里惹了事,放学后被老师留下,家长去接他,在回来的路上他们碰到一位熟人,这熟人问家长:"为什么今天接孩子晚了?"

家长说:"这小子留校了。"

熟人走后,孩子不高兴地说:"你就对人家说留学好了,干吗要说留校?"

181. 书的作用

有个漂亮美眉,不管出门干什么都要带一本书,许多人都称赞她爱学习。

她说:"才不呢,我带书是给别人看的,我每天拿不同的书在手里,为的是搭配衣服的颜色。"

182. 认不认得出

刘老师的长发和胡须留了十年了,一直没舍得剪掉,这天他终于下定决心换一下形象,想试试看同学们还能不能认出他。

于是他装着找人来到班里,问:"演艺班的刘老师来了没有?"

一个同学看到后,飞速地跑到校长室,气喘吁吁地说:"校长,不好了!我们刘老师剪了头发,连自己都认不出了!"

183. 不是小便

学校来了一位新教师,姓卞,由于住房紧张,被安排在平房暂住。

一天中午,领导为表示对新同事的关心,特来看望,不巧,那位新来的教师刚洗完头,正好将水泼出门外。

领导一闪身,问:"是小卞吗?"新教师赶紧回答:"不是小便,是洗发水。"

184. 回答

考场上,小明有一道题不会做,便写了张纸条,上面写着"第四大题第二小题你会做吗?"传给后桌同学。

一会儿,后桌同学把纸条递过来,小明高兴地打开,只见上边写着:"会做!"

185. 把乌龟换成狼

这几天,老师发现班级里有些同学开始骄傲了,就想以聊天的方式对大家进行引导,于是对学生们说:"大家都知道龟兔赛跑的故事。小明,你说兔子为什么会输给乌龟?"

小明回答说:"因为它睡觉。"

老师对小明的答案很满意:"对,太对了。可是应该怎样它才不会睡觉呢?"

小明很果断地说:"把乌龟换成狼。"

186. 委婉

教授在上伦理学课。他说:"同学们,如果你们看见女孩子的屁股上有根线,你们该委婉地告诉她。例如,'姑娘'你的肩上有根线。女孩子往肩部看,然后向下——看见了。"

这时一个女学生举手站了起来,说:"教授,你领带的拉链开了!"

187. 以牙还牙

一位老师在课堂上试图引导学生解释"反哺",就举例问道:"父母亲现在花很多钱为你们买牙箍矫正牙齿,将来父母老了,你们就花钱替他们镶假牙,这种情形叫什么?"

"以牙还牙。"所有的学生异口同声答道。

188. 做好准备

萨沙平时学习不用功,这次期末考试又排在最后一名。他知道大事不妙,父亲一定会狠揍自己一顿的,于是便给哥哥打了个电话,要他转告父亲做好接受坏消息的准备。

一会儿,萨沙接到哥哥回电:"父亲已准备好了,不过你自己最好也准备准备。"

189. 溶解试验

老师在给学生上实验课,只见他左手拿着一枚一元的硬币,右手拿着装有硫酸的烧杯,然后把钱币放入烧杯里。

老师问学生:"酸的强度能不能溶解这枚硬币?"

大家思考着。

过了一会儿,坐在后排的一个学生站起来回答:"不能!"

老师满意地说:"答得很对。那么你说说,为什么不能?"

学生答道:"如能溶解的话,那你就不会放入一元的硬币,而是放入一分的了。"

190. 刺激的游戏

一所女子中学某班的老师请病假,来代课的是位非常英俊的男老师。

课堂上,一位女同学故意挑逗道:"老师,我们可不可以不

要上课,来玩一些兴奋刺激的游戏呢?"

男老师沉默了一会儿,说:"好! 各位同学把课本收起来,现在考试!"

191. 言简意赅

老师给学生布置了一篇作文,题目是:"什么是懒惰?"

课后,当老师批改杰克的作文本时,发现第一页、第二页一个字也没有,在第三页上老师才找到一句话:"这就是懒惰!"

192. 月球人

一次,地理教师在课堂上讲述月球的情况。

他说:"月亮大得很,上面能居住几百万人。"

杰尔忽然大笑起来。

"你笑什么?"老师问。

杰尔回答说:"我想,当月球变成月牙儿的时候,住在上面的人该多么拥挤啊。"

193. 差别的原因

自从宿舍规定了关门时间后,女生就觉得非常不满。

一天,她们向舍监提出抗议:"为什么女生宿舍十点半关门,男生宿舍却十一点才关门?"

舍监的回答使她们满意地离去:"因为男生要送你们回来,当然要晚半个小时。"

194. 次序

在一篇作文中,艾米莉是这样写的:"我喜欢有两个孩子,并与一个潇洒的男子结婚。"

老师批改道:"我喜欢和一个潇洒的男子结婚,并有两个孩子。请注意先后次序!"

195. 巧辩

班级刚打扫完卫生。

老师进来检查打扫的成果,发现教室依旧脏乱差,于是训斥班里的值日生说:"黑板这么脏,抹布是干的,地球仪上……"

他用手抹了一下说,"全是灰。"

值日生解释说:"你抹的地方,恰好是撒哈拉大沙漠。"

196. 麻将迷

李老师是个麻将迷,同事和同学们背后都称他是"麻老师"。

一次,他打了一夜麻将,没休息就赶到学校上课。他昏昏沉沉走进教室,板书时发现黑板上的粉笔字没擦掉,他生气地质问:"今天谁坐庄!"

197. 太早了

老师叫一个上课睡觉的男生回答问题,这个男生没有回答出来。

正在着急时,后面的女生悄悄地告诉他答案,但是声音大了点,还是让老师听见了。

于是老师说:"我知道每个成功的男人背后都有个默默无闻的女人,不过现在好像太早了点吧?"

198. 五百年后

小赵去听一个文学评论家的演讲,评论家从《诗经》讲起,小赵听了几分钟就睡着了。

醒来后,他问旁边的听众:"讲到哪里了?"

旁边的听众说:"讲到明代小说了。"

小赵嘀咕道:"哦,那五百年后再叫醒我。"

199. 同比例

老师要求同学们把一篇1500字的文章缩写成500字,下课时小明把作业交了,老师看后问:"你怎么写的,45米高的建筑写成15米,6辆汽车写成2辆,3个人写成1个人?"

小明认真的回答:"我可是严格按照比例缩写的!"

200. 送别的情景

语文课上,老师让同学们围绕"送别"练习一次口头作文。

小明抢着举手:"那是一个灰蒙蒙的早晨,她紧紧地握住我的手,久久不肯放开,她的眼眶里含着泪花,那悲伤哀怨的眼神令我心碎……"

小明说得非常动情,老师吃不准是怎么回事,问他:"小明,你送的是谁……"

"送我的小表妹,送她去幼儿园!"

201. 师生对话

数学老师给她的学生讲了这样一道题目:"有一所房子,1个人造需要1个星期完成,而如果7个人造,只需要1天就可以完成了。"

学生在下面融会贯通地说:"老师,如果有168个人造,只要1个小时就可以完成了。"

老师笑着点头:"对,是这样,是这样啊!"

这时候,一个顽皮的学生眨眨眼睛,站起来问:"老师,按照这个逻辑推算,如果有604800个人一起来造,这所房子只需要一秒钟就可以造好了?"

老师无语,学生笑倒。

202. 迎接新生

新学期开学了,大学校园里又将迎来一批新生。

按常规,老生是要去接新生的。这天,小琴早早地就起了床,敲开了一间间宿舍的门,劈头就对里面的同学说:"准备好了没有? 我们去接生!"

203. 不够意思

一天上课时,老师见汤姆老是讲话,生气地说:"汤姆,你要是再不老实,我就告诉你爸爸。"

汤姆十分冷静地说:"老师,我对你也不满意,可我从来没有告诉过你爸爸。"

204. 志向不同

大学里,小张每天刻苦练习电脑打字,不多久便打得又快又准,而小杨只偶尔练练钢笔字。

小张好心地劝道:"你太落伍了吧,如今找工作,钢笔字可派不上用场。"

小杨不以为然地说:"我们志向不同!"

小张问:"你想当书法家?"

小杨意味深长地说:"你看到哪位领导签字时不用钢笔而用电脑打呢?"

孔子说,上课不亦乐乎
我们说,下课不亦乐乎

205. 新秤与老秤

小明的作文中有这样一句话:半斤五两一个样。

语文老师改作文时,在"半斤五两"下面打了一条杠,批注道:只有半斤八两,哪有半斤五两? 如今少了三两,怎能说是一样? 作文发下来后,小明知道错了,暗暗记在心里。

第二天,碰巧有一道数学题也问:半斤等于几两? 小明不假思索就写上:八两。

试卷发下来了,上面打了一个大叉,数学老师批道:一斤等于十两,半斤怎么会等于八两呢?

这下小明弄糊涂了,拿着数学卷去问语文老师,老师一看,笑了:"记住,算数学用新秤,算语文才用老秤。"

206. 孩子的反诘

有个男孩智商极高,上学不久就要跳级,老师说要考考他,并打定主意要难倒他。

老师问男孩:"我是问你十个容易的问题呢,还是只问一个难度较大的?"

男孩子想了想,就说:"一个难题吧。"

老师高兴起来:"好的! 你听着:是白天先到,还是黑夜先到?"

男孩子面有难色,但过了一刻,就回答道:"白天先到,

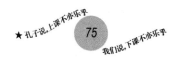

老师。"

"为什么?"老师笑了,心想:我终于难住这孩子了。

"对不起,老师,我们不是已经达成协议,只问一个真正的难题吗?"

207. 另有原因

一个男生被学校开除了,一个女同学追到他家里,当着他妈妈的面对他说:"你走了我怎么办啊?"

妈妈很气愤地问儿子:"你们是什么关系?"

儿子说:"我们没什么关系啊!"

女同学却气愤地说:"你怎么能说我们没关系呢? 你走以后,我不就是班上的倒数第一了?"

208. 问妈妈

儿子考上了重点大学,入学第二天就遇到了四件事,不知该怎么办,于是打电话请教妈妈。

儿子在电话里问:"一是凉席是铺在被子下边还是上边,二是睡觉时我的头朝东好还是朝西好,三是洗衣服时是用洗衣粉还是用肥皂?"

妈妈又问:"那第四件事是什么呢?"

儿子哭丧着脸问:"早餐时食堂里没有为我准备两个鸡蛋、

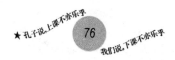

一杯牛奶,我吃什么才好?"

209. 环游世界

老师为提高学生的成绩,对同学做了以下规定:凡是考试答错一道题的,必须在操场跑一圈,错两道的必须跑两圈,依次类推。

当老师说完后,只见有一位学生迅速把书包背起来说:"老师,按您的规定,我要去环游世界了。"

210. 不能同时用

老师:你为什么迟到?

学生:我本来想在家里打电脑游戏,但是爸爸不允许我打,我哭了,所以来晚了。

老师:你爸爸做得很对! 关于你为什么应该上学,不应该打游戏,我想他一定对你解释清楚了吧?

学生:是的,爸爸解释过,他说家里只有一台电脑,我们俩不能同时用……

211. 主修专业

一所大学举行晚会,忽然电灯灭了,学生利用这个黑暗的空隙交谈自己是主修什么专业的。

一个说："我是修大气物理的。"

一个说："我是修生物学的。"

一个说："我是修国际贸易的。"

这时，背后传来了辅导员的声音："谁是修保险丝的？"

212. 英雄救美

一天上课的时候，老师让一位女同学起来回答问题。这个女同学答了一半后，发现自己的思路错了，吞吞吐吐地答不下去了。

她左顾右盼，想找人帮忙，但因为她平时人缘不太好，所以没人理会她。

就在这紧要关头，一张纸条飞到了她的面前，她心中暗喜，终于有英雄救美了！她眼睛向纸条一瞟，只见上面写着："你死定了！"

213. 男生请进

为防止男生擅自闯入女生宿舍，门卫阿姨在宿舍前的一块黑板上用粉笔写道："女生宿舍，男生请勿进。"

几天后，她发觉"勿"字被人擦掉，成了"女生宿舍，男生请进。"

阿姨心中大惊，于是又用粉笔修改了一下："女生宿舍，男

生止步。"

不料两天后,阿姨却发现,"止"字被好事者添了一笔,变成"正"字,一句话成了"女生宿舍,男生正步。"

阿姨看了非常气愤,把"步"字擦掉了,留下"女生宿舍,男生止"字样。

第二天,阿姨一早就跑去看黑板,只见黑板上面写道:"女生宿舍,男生上! "

214. 胸怀大志

单位里盛传王冠是个胸怀大志的小青年。

有一次,上级组织去边疆采风,王冠却以身体不佳而推脱。

有人批评他:"王冠,你连这点苦都吃不起,算什么胸怀大志? "

王冠不服气地把自己的外衣一掀,只见里面的 T 恤衫正中印着一个大大的"酷"字,他指着胸前的字说:"我早就胸怀大字(志)了。"

215. 粗心

一个同学十分粗心,经常出错。

这天他写作文时漏掉了一个"出"字,被老师扣了 10 分,不少同学都有点抱不平:就漏了一个字,竟扣了 10 分,老师也太狠

心了。

这时,有同学问道:"你到底漏了哪个字?"

那同学拿出作文本,大家一看,眼睛都瞪直了,只见上面写着:"为了使班级更进一步,我们要更色!"

216. 模糊标语

一个外号叫"老大"的大学生正在和一位叫小莹的女孩谈恋爱。

一天,老大在宿舍床头贴了一张很大的纸,上书"KY"两个字母,同宿舍的哥们问其含义,他解释说,K 是 Kiss 的第一个字母,他的女朋友叫小莹,Y 是"莹"字的第一个字母,两个字母合起来就是"吻小莹"的意思。

周末,小莹姑娘光临了老大的宿舍,她很快看到了那两个字母,便问老大:"这是什么意思呀?"

一旁的哥们全捂着嘴巴偷着乐,看老大这回怎么说。

老大面不改色,脱口而出:"考研!"

217. 青春军事

一个朋友问小亮:"我们年龄差不多,也几乎同时开始生青春痘,为什么你的脸光滑如初,而我却留下一脸疙瘩?"

小亮回答说:"因为青春痘在我们脸上实施的策略不同,在

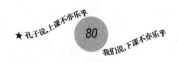
孔子说:上课不亦乐乎
我们说:下课不亦乐乎
80

你脸上实施的是阵地战,待在一处不走,所以战场上会有很多'弹孔'。而它在我脸上实施的是游击战,每次来时,打一两'枪'就走,所以我有足够的时间打扫战场。"

218. 中了一枪

小华平时喜欢睡懒觉,可自打住校后,懒觉就睡不成了。

这天,她回到家里,向妈妈抱怨早上起床时的痛苦:"每天早上一听到闹铃响起,我就像中了一枪……"

"那你一定是'砰'地跳起来!"

"不,我像死人一样躺着!"

219. 教授的回答

文学课上,一位年轻的女大学生问教授:"教授,您看过《哈利·波特》吗? 这书现在市面上非常流行! "

教授承认没有看过。女学生显得惊讶不已:"哟,这书都发行三个月了,您怎么还没有看过? "

教授说:"这位同学,你读过但丁的《神曲》吗? "

女大学生答:"没有,没读过。"

教授劝道:"那你可要抓紧啊,它问世都好几百年了! "

220. 签名

一同学气喘吁吁地奔回宿舍,室友关心地问他去哪儿了,他眉飞色舞地说:"刚才在路上被人紧追了四条街,硬是要我签名。"

室友惊讶又羡慕:"签名? 你好大的魅力哦,是哪个系的妹妹?"

这同学不慌不忙地回答:"路口的协警。"

室友们顿时哄堂大笑:"原来是签罚单啊!"

221. 上课好睡

老师推醒在课堂上睡得正香的学生:"你怎么能上课打瞌睡?"

"老师——"学生揉着惺忪的眼睛说,"下课太吵,睡不着!"

222. 爆笑登记簿

一天早上,胖子睡过了头,迟到了。刚想偷偷地溜进校门,却被门卫拦住了:"迟到的同学过来登记一下。"

无奈,胖子只好接过登记簿。一看,乐了,上面签的是:157班,蔡依林迟到;143班,周杰伦迟到……全是明星大腕,胖子于是赶紧给自己签下:148班,阿杜迟到。

223. 老弟不服

一对双胞胎兄弟吵架。

吵急了,弟弟捏着拳头冲着哥哥吼:"你有什么了不起,只不过比我大一小时二十五分三十秒,这又不会写到身份证上去!"

224. 书包太重

老师:校长,最近不少家长反映孩子们的书包太重了。

校长:是啊,孩子们每天背这么重的书包,走这么远的路上学,相当于每天进行四次负重竞走,运动量确实够大的。

老师:这个问题怎么解决呢?

校长:从下学期开始,就把体育课取消了吧!

225. 你敢吸烟

上高二时,教我们语文的老师不苟言笑,非常严格。

一天下课后,一同学走出教室,习惯性地从裤兜里掏出一包烟,取出一支,叼在嘴上。可是还没来得及点燃,就被语文老师撞上了。

老师大喝一声:"你敢吸烟?"

该同学急忙把烟丢在地上。

"你敢浪费!"老师又是一声吼。

该同学不知所措,赶快把烟捡了起来,往老师手上递。

"你敢贿赂?"老师大声呵斥道。

226. 遗传

语文课上,教师让大家说出"一……一……"格式的成语,比如:"一心一意。"

画家的儿子答道:"一笔一画。"

船长的儿子答道:"一波未平,一波又起。"

房产商的儿子答道:"一室一厅,一厨一卫。"

227. 叠词妙用

老师让同学们用叠词写四句话。

有学生写道:"哥哥岸上走,妹妹坐船头。太太口服液,亲亲八宝粥。"

228. 一语惊人

这天,很晚了,宿舍里已经关灯了,但甲同学还旁若无人地在引吭高歌,声音惊天地、泣鬼神,室友们全都怨声载道。

突然,乙同学说起了梦话,声如霹雳:"把厕所门关上!"

229. 可笑的女生

有个女生欲捉弄坐在她前面的男生,就画了一只猪悄悄贴在他背后,谁知被男生发觉撕了下来。

女生很疑惑,就问:"你怎么知道你的后面有一只猪呢?"

230. 学费怎么算

课堂上,老师训斥不遵守秩序的学生:"不要讲话了好不好? 你们要讲的话,到上面来讲。"

"到上面去讲?"一个学生轻声嘀咕起来,"那学费怎么算?"

231. 保佑

一个学生在教堂里虔诚地祷告:"主啊! 请保佑伦敦成为丹麦的首都吧。"

牧师感到奇怪,问他为什么。

学生回答:"昨天考地理时,我把丹麦的首都写成伦敦了。"

232. 毕业留言

毕业典礼上,同学之间互赠留言。

一个留级的同学在毕业纪念册上写道:"各位同学,我还有事,你们先走吧!"

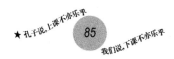

233. 一直认为

老师问学生："你这篇论文是抄袭的吧?"

学生惊慌地说："老师,我知道我错了,下次不敢了,您就饶了我这次吧。"

老师嘿嘿一笑："这篇论文是我六年前写的。"

学生哭丧着脸说："对不起,老师,我事先真的不知道那是您写的……"

老师说："不过,我还是决定给你'优秀'。"

学生惊讶地问："谢谢老师,可这是为什么?"

只见老师一脸怒气地说："当时我的导师只给了我'及格',可我一直认为,我的那篇论文应该得'优秀'!"

234. 痛快

鲍比正在学习汉语。

暑假里,父亲带他来中国旅游。一天,鲍比满头大汗地跑进冷饮店,要了一杯冰果汁,一饮而尽。服务员笑着说:"痛快吧?"

鲍比想:我喝得很舒服,怎么会"痛"得很快呢?便摇摇头,说:"不痛快!"

正在这时,有人进来告诉鲍比:"你爸爸被毒蛇咬了!"

鲍比听了,一边往外跑,一边叫:"真痛快!真痛快!"

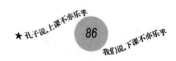

235. 时髦女生

上小学四年级的龚小强兴高采烈地回到家,一边还哼着歌曲。

爸爸老龚估计他获奖了,很想和他一起高兴高兴,于是问道:"小强,今天拿什么奖了?"

小强回答说:"我跟我们同学说,爸爸你在单位上别人都叫你'老龚',我叫他们也这样叫我,没想到一个女生今天突然对我说:'老公,你作业写了吗?'"

236. 深刻检讨

小军和小强在自习课上打架,老师要他俩做出深刻检讨,否则不准放学。

小军就认真地写了起来:"其实我现在也挺后悔的,小强的爸爸是电力局长,如果他爸爸因此而生气的话,就会给学校断电,那我们就会在漆黑的教室里学习,个个熬成近视眼……"

小强写得也很深刻:"经老师提醒,我才意识到这件事的严重性,我不该忘了小军的爸爸是坦克团长,把他惹毛了,他肯定会派出大批坦克包围我们的学校,而且会在我们毫无抵抗力的情况下向我们发射炮弹,我们不仅害了自己,还会连累老师和学校的领导……"

237. 威胁

儿子想买一个价值五百多块钱的玩具,妈妈嫌贵没有答应。

儿子急了,就威胁妈妈说:"你要是不给我买,当着这么多人的面,我就大声地叫你'奶奶'!"

238. 学牙科

皮尔是一所医科大学的在校生。

这天,他对父亲说:"爸爸,我想学心脏外科。"

"为什么?"

"现在时髦啊!"

"皮尔,"老于世故的父亲说,"你知道人有多少个心脏吗?"

"我知道,一个。"

"那么,人有多少颗牙齿呢?"

"爸爸,有 32 颗。"

"所以啊,孩子,我建议你,还是学牙科吧!"

239. 侦探的儿子

杰克和汤姆是很要好的同学,他们恰好在同一天过生日。

杰克的父亲是一名侦探,他送给儿子的生日礼物是一把崭新的手枪。汤姆的父亲是一位珠宝商,他送给儿子一块美丽的金表。

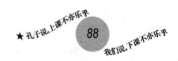
★孔子说,上课不亦乐乎
88
我们说,下课不亦乐乎

第二天,两个男孩在学校碰面了,他们都很喜欢对方的礼物,于是就做了交换。

晚上,杰克回到家里,他的父亲看到手表,就问道:"这块表是从哪里来的?"

杰克解释说是他用手枪和同学交换的。

父亲听后大发雷霆,喊道:"什么?你这个愚蠢的小子!如果有一天,你结婚了,回到家发现你的妻子在和另一个男人睡觉,那时候,你没了手枪,只能眼睁睁地看着这块手表说:'你们这样多长时间了?'"

240. 变成小点

小威利对飞机入了迷,只要他听到有飞机飞过,总要跑出去观看,直到飞机在远方变成一个小点为止。

终于,他妈妈答应带他乘飞机旅行。

第一次乘飞机,他十分激动,两眼圆睁,大约起飞10分钟后,他急切地问母亲:"妈妈,我们什么时候变成一个小点?"

241. 妹妹上护校

小林的妹妹初入护士学校十分兴奋。

头两个星期,家里很少没有人嘴里不含着温度计或是手臂上不包着血压布。朋友和邻居都很好心地供她实习,好让她取

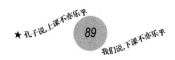

得实践经验。

可是到了第三个星期,小林发现她的"生意"已大不如前。

最后小林问她到底出了什么事。她失望地说:"不知道消息怎么会泄露了出去——这个星期我学打针。"

242. 学生吃糖

一天,老师对学生说:"如果你们能做得出这道题,我就每个人给五十颗糖。"

不一会,学生们一个个站起来,向老师要糖吃。

老师一看答案,鼻子都气歪了,气呼呼地说:"你们全做错了,还敢要糖?"

学生异口同声地说:"你只要求做出来,并没有说做对呀!"

老师不声不响走了出去。

过了一会,他回来了,把一袋白砂糖扔到桌上:"分吧,每人一百颗!"

243. 绝不说谎

教育局局长视察一所中学,看见一个学生手中提着一只火鸡,局长问他从哪儿搞来的。

学生答道:"刚刚偷的。"

陪同视察的校长反应很快,立刻得意地说:"看,我们教育

的学生尽管有些坏毛病,但绝不说谎。"

244. 大学生

一个大学生和大一学弟谈心得,问学弟从哪儿最容易认出一个学生是几年级。

学弟摇头说不知道。

学长说:"在食堂吃饭时。看到碗里有一条虫子大惊小怪是大一的,拿上碗去找管理员是大二的,把虫子夹到桌子上继续吃是大三的,连虫子一同吃下去就是大四的!"

245. 秘密

卡尔在课堂上回答了老师的所有问题,老师非常满意地说:"你的成绩提高得很快,你近来是在上辅导课吗?"

卡尔说:"不,先生,这几天我家的电视机坏了。"

246. 差点吃人

李小弟写文章老是漏字,写不出难字又不去问人,宁可让它空着。

有一次,他在作文簿上写:"我爸爸身体不好,叫我去买人。我走进人店,只见盒子里都是人,有的人壮,有的人瘦。我买了半斤人回到家里,切成块块,就开始蒸人,蒸好人,我端了一碗人

91

汤准备给爸爸送去……"

老师看了他的作文大吃一惊,急忙找李小弟来问,才知他写的是人参,漏掉了一个"参"字。

247. 考试与饮食

张老师说话爱打比方。

这天,她在总结考试的重要性时说:"平时测验是点心,百吃不厌,阶段考试是正餐,定时定量,统考是满汉全席……"

一个学生插嘴说:"报告老师,我们正在减肥……"

248. 炒腰花

生物考试中有一道题目——肾脏的功能是什么?

小张想不起来该如何回答,最后急中生智,答道:"可炒腰花,为饭店一常见菜。"

249. 不能洗

母亲:乖女儿,洗个热水澡,然后去睡觉。

女儿:不行呀,明天我要考试,今晚不能洗。

母亲:洗澡跟考试有什么关系?

女儿:关系太大了,我的手臂和小腿上全是答案。

250. 高度与长度

工程师、数学家和物理学家们正围绕在校旗四周热烈讨论。

这时,一位英语系教授走过来问:"你们在谈论什么呀?"

数学家答道:"我们在谈论旗杆的高度,还在研究计算公式呢!"

英语系教授说:"这好办!你们看着。"说着,拔出旗杆,放倒在草坪上,用借来的卷尺量了量,说:"正好三米。"然后,重新安装好旗杆离开了。

数学家讥讽道:"这个英语系教授!我们问他的是高度,他却告诉我们旗杆的长度。"

251. 人命关天

医学院某班进行口试。教授问一学生,某种药每次口服量应是多少?学生回答:"五克。"

一分钟后,该学生发现自己答错了,应该是五毫克。他急忙站起来,说:"教授,允许我纠正吗?"

教授看了一下手表,然后说:"不必了。由于服用过量的药物,病人不幸在三十秒钟以前去世了!"

252. 鼓励

期末考试完,忙于做生意的爸爸问儿子:"考得怎么样?"

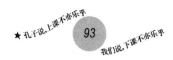

儿子怯生生地回答:"数学40,语文60,共计100分。"

爸爸听后,说:"共计这门课考得不错嘛!"

儿子忍不住哈哈大笑。

爸爸严肃地说:"看看,一表扬就骄傲,光一门考好不行,数学是算账的学问,也要努力学好。"

253. 师生问答

老师:怎么表现思想者在思考?

学员:一支一支地抽烟。

老师:思考时间很长了呢?

学员:一堆烟屁股的特写。

老师:终于下了决心呢?

学员:一只有力的手猛地摁灭烟头。

老师:如果要表现他内心的激动呢?

学员:掏出烟,可是手颤抖,几次点不着火。

老师:如果他非常高兴呢?

学员:赶快给每个人发烟。

254. 怎么赔偿

萨沙从学校回来,兴致勃勃地说:"奶奶,今天我在学校运动会上打破了两项全校纪录。"

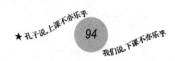

奶奶惊讶地问:"天哪!那你怎么去赔偿人家?"。

255. 不堪设想

老张想送他的儿子到学校念书。

老师说:"我们可以收下他,只是你要交足二十法郎的学杂费。"

"什么,二十个法郎?这么多呀。我可以用它买一头驴了。"老张说。

老师说:"假如真用二十法郎去买驴,不让孩子上学,那将来你家就会有两头笨驴子。"

256. 举手

老太太驾驶着一辆旧汽车来到十字路口,警察举起手,吹了一下哨子。

他走上前去问道:"太太,您不明白我举手的意思吗?"

"当然明白,"老太太回答说,"我当小学老师都40年了。"

257. 演讲

有个教授被请去做一次"猿人如何进化成人类"的演讲。

教授开始侃侃而谈:"我们从小便知道人类是由猿人进化而来的……"

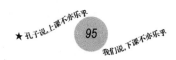

演讲持续了几小时,结束时,一位听众站了起来,他说:"我还是不太明白,到底为什么从小便——就能知道人类是由猿人进化而来的?"

258. 成语改错

父亲晚饭后检查儿子语文作业,觉得作文总体不错,但有三句成语写得不大对劲儿,那三句成语分别是:"大喝一声""有口皆碑"和"含笑九泉",他一时兴起,便提笔改了过来,把"大喝一声"改成"大喝一升","有口皆碑"改成"有口皆杯","含笑九泉"改成"含笑酒泉"。

第二天,老师看完作业,把那学生叫了过来,笑着问道:"你爸特能喝吧?"

259. 新成员

幼儿园阿姨问小明:"你昨天为什么没有来?"

小明说:"因为家里添了一个新成员,大家热闹热闹。"

阿姨说:"噢,一定是你妈又为你们添了个弟弟或是妹妹?"

小明说:"不,是添了一个爸爸。"

260. 写名字

早上,我送刚入幼儿园的女儿出门,发现新车上竟被刮花了

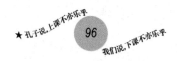

一大片;仔细一看,原来是女儿歪歪斜斜的签名。

我非常心疼地问她:"为什么要这样做?"

她一本正经地答:"老师说,自己的东西要写上名字,才不会弄掉。"

261. 高兴太早

小光夫在幼儿园里上课不安分。老师多次警告他,要他集中精力,可他总是坐在凳子上左摇右晃。

老师生气地说:"光夫,你怎么老是躁动不安呢?有什么高兴的事吗?"

"是的。"光夫说,"爸爸答应我了,等我长到18岁的时候给我买辆摩托车。"

262. 做题目

小龙在做题目时被一道题卡住了。

正百思不得其解时,不经意间一看,见习题本由于印刷质量不好,"习题"的"习"字印得少了一点,他恍然大悟:"怪不得这么难,原来做的是'刁'题!"

263. 难题

外甥今年六岁,参加小学入学考试回来对我们说:"算术有

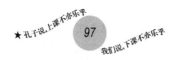

一题是 3 乘 7 等于多少,我不会算!"

"那你怎么办呢?"

"我不管三七二十一就写了个 15。"外甥答。

264.不哭的孩子

朋友的女儿第一天到幼儿园上学,家人为免她在课室哭泣,在上学前便对她说:"乖的小孩子上学不要哭"

下课后,家人问她有没有哭,她说没有。

"老师一定给了糖果你吃,是不是?"

"不,其他小朋友都有糖果吃,就是我没有。"

"为什么? 你不听老师的话?"

"不是啊,因为只有我没哭!"

265.写错了

朋友规定读二年级的小儿每日写一篇日记,晚上检查。

一天,他检查完日记,便对妻子大发雷霆,妻子莫名其妙。丈夫说:"有据可查。"随手把小儿日记摊在妻子面前。

只见上面歪歪扭扭写着:"今日我做作业,王叔叔来家玩。做完作业后,叔叔夸我做得好,叔叔亲了我妈妈,也亲了我。"

妻大怒,叫起小儿怒问,小儿哭叫:"……叔叔亲了我,妈妈也亲了我。"

266. 散兵游勇

语文课上,老师问:"谁能解释'散兵游勇'这个词?"

阿强一马当先,抢先答道:"'散兵游勇'的意思就是凶多吉少。"

老师大惊,问:"何出此言?"

阿强回答:"因为伞兵是空军,叫他游泳,生命就危在旦夕了!"

267. 发明铜丝

老师:你们知道铜丝是怎么发明的吗?

学生甲:不知道。

老师:你们可以想象一下,比如……

学生乙:我知道,是这样的,从前有两个吝啬鬼想分一个铜板,互不相让,便使劲往自己这边拽,结果越拉越长,越拉越细,于是发明了铜丝。

268. 进士

语文课上,老师问小明:"你知道韩愈吗?"

小明回答:"不知道,他怎么啦?"

老师说:"他可了不起啦,二十五岁就是进士了!"

小明满不在乎地说:"那有什么可大惊小怪的,你看我这眼

镜是六百度的,我今年才十六岁就'近视'啦!"

269. 自然凉

在一次自然课上,老师问学生:"人死后为什么身体是冷的?"

众学生面面相觑,好半天都没人回答。

老师遗憾地摇摇头:"没想到,这么多人竟没一个知道。"

话音未落,有个同学站起来说:"那是因为心静自然凉。"

270. 愚蠢的人

一位新来的老师试着将自己的心理学知识告诉学生们。

课程刚开始时,她对大家说道:"认为自己愚蠢的人请站起来。"过了几秒钟,马克站了起来。

那个老师问道:"马克,你认为自己愚蠢吗?"

"不,老师,但我不愿意看到就你自己一个人站在那里。"

271. 考试缺席

迈克考试不及格,他的朋友问他:"你这次考试分数为什么这么低?"

迈克懊恼地答道:"因为一次缺席。"

"你是说你考试那天缺席了？"

"不,是我旁边的人缺席了。"

272. 上帝在哪里

一个教会学校的老师问他的学生 :"上帝在哪里？"

史蒂文举手回答 :"他在天堂里。"

玛莉被老师叫起来,回答道 :"他在我心里。"

小约翰坐在座位上拼命地挥手,大声叫道:"我知道,我知道,他在我们家的卫生间里！"

全班同学都静了下来,老师愣了一会儿,然后问小约翰是怎么知道的。

小约翰说:"嗯,我爸爸每天早上起床后都会敲卫生间的门,叫道 :'我的上帝啊,你还在里面吗？'"

273. 三张纸条

为了准备考试,小张在自习教室里占了一个座位,并在座位上放了本书作为凭证。因为生病,小张三天没有去那里,几天后,当他再去教室时,发现书还在,只是多了三张纸条 :

第一张纸条上面写道:"从这本书我知道你是位大二的小弟弟,两天来你都没有来自习,我真担心你会不及格！" 署名是"关心你的毕业班大姐"。

第二张纸条上面写道："看了上面这位师姐的留言,我为你鸣不平,男子汉大丈夫不及格就不及格,只要补考通过就行了!你说呢?"落款是"同病相怜的同年级兄弟"。

小张又打开第三张,看到上面写着:"其实补考通不过也不要紧,大不了降一级嘛,这样的话,你就能认识一帮新朋友。——欢迎你的一年级小妹"。

274.考场情书

那年,小君选修了一位老教授的课。因为平日不太上课,所以在考试那天,当别人都在凝思运笔时,小君却只能百无聊赖地四周瞎望。

突然,他发现前面有个女生,背影看上去很漂亮。刹那间,小君热血上涌,心潮起伏,可他却并不认识这个女孩,于是想出了一个方法……

很快,他写了张纸条,搓成弹丸大小,弹了过去。眼看就要成功,一只手却横在了中间,纸条落入了老教授的手中。教授打开一看,只见纸上写着:小君,哲学系三班,北区宿舍5栋302宿舍,现有孤心一颗飘荡于小姐左右,恳请收留。

小君面红耳赤,教授却不动声色。交卷后,教授悄悄将一张新的纸条塞给小君。小君展开一看,只见上面写的是:小君同学,你的孤心我暂时代为收藏。此次若能及格,自当替你送给那女

同学,否则,你的心将成碎片……

275. 吱一声

　　语文课上,老师叫起一个睡着了的同学回答问题,这个同学迷迷糊糊啥也说不出。

　　老师问道:"你会不会呀? 不会也吱一声啊!"

　　这个同学恍然大悟,抬起头说道:"吱。"

276. 掷骰子

　　考试中,监考老师发现有个学生通过掷骰子选择答案。让老师感到奇怪的是,那学生同一道题要掷好几次。

　　他好奇地询问那个学生,为什么要这么做?

　　那个学生无奈地回答说:"难道不用验算吗?"

277. 影响睡眠

　　一个教授人很和善,也很幽默。

　　他发现,他所教的班级中有个叫杰克的学生,每当他开始讲课时就开始睡觉,下课铃响时刚好醒来。

　　有一天,杰克迟到了,教授亲切地对他说:"杰克,以后请不要再迟到,这会影响你正常睡眠的。"

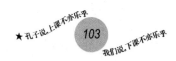

278. 织布机

学校组织六年级的同学下乡学农。

小强参加活动回来后,对他爸爸说:"爸爸,我看农村并不穷,他们还有健身器呢!"爸爸不信。

周末,小强把爸爸又领到了那户农家。

爸爸一看,原来那是一个织布机,一个农妇正坐在那里织布呢!

279. 重大新闻

一天早晨,小明气喘吁吁地跑进教室,大声叫道:"重大新闻,重大新闻! 老师说今天不论是晴天还是雨天都要测验!"

同学们哄然一笑,说:"这算什么重大新闻?"

小明一本正经地说道:"你们还不知道吧,今天既不是晴天也不是雨天,外面下雪了!"

280. 原始人

一位人类学教授正在上课。

讲到原始人的时候,只见教授眉飞色舞地说:"原始人很狡猾,他决不会把自己的名字告诉你,因为怕你用咒语害他——"讲到这儿,教授看到一个学生正在埋头看报,于是停止讲课,问道:"坐在后排看报的那个同学叫什么名字?"

那学生见老师是在问自己,忙抬起头来:"谁,您指我吗?"

教授嘿嘿一笑,继续对其他学生说:"怎么样,我刚才说得没错吧?"

281. 稳定性

数学老师在上课时告诉学生:"三角形是很稳定的。"

为了强调这一点,他对学生们说,"三角形的稳定性无处不在。不信,你们谁能举出一个反面例子?"

话音刚落,一个学生低声说:"三角恋爱。"

282. 快速学习法

驾驶教练在课堂上反复教一名女学员换轮胎,可是女学员还是似懂非懂。谁知第二次课上,那个女学生就高兴地告诉教练:"我已经会换轮胎了。""真的吗?"教练很惊奇,"你学得可真快。"

"噢,上次上完课后,你教的内容我没完全记住。所以,出去旅游时,我就把我丈夫汽车轮胎里的气放掉了,然后在一边观察他换轮胎……"

283. 为难小学生

父亲眼睛不太好使,填表的时候,便让刚上小学的儿子帮着

念身份证号码。可小家伙盯着看了半天都没念出来。

父亲纳闷了,问道:"不是都会加减法了吗?怎么连数字也不会念呢?"

儿子急了:"您这不是为难我吗?老师只教了一千以内的数,可身份证位数这么多,我又没有学过,我怎么念?"

284. 可怕的噩梦

大学宿舍的一间房里住着六个女生。

一天早上,宿舍里年龄最小的一个女生一睁开眼就对大家说:"昨夜我做了个噩梦,梦见一个长舌獠牙的吸血鬼在我身后拍我的肩膀,可把我吓坏了。"

说完后,这个女生发现其他室友没啥反应,便问:"难道你们不觉得这梦很可怕吗?"

这时只听年龄最大的一位女生说:"昨晚我也做梦了,梦见商场里所有衣服都不打折了……"

她的话还没说完,大家都异口同声地说:"这个梦真是太可怕了!"

285. 动作慢

深夜,夏令营里突然响起了紧急集合令,带队老师要求学生三分钟内到操场集合,于是老师一个帐篷接着一个帐篷地督促

同学动作快点。

突然，老师发现小明还在穿袜子，就叫道："不要穿袜子，快去集合！"

等老师检查完别的帐篷时，看见小明还在帐篷里面，就冲着小明叫："还不快去集合，你在干什么？"

小明惊惶失措地回答道："我在脱袜子！"

286. 得养多少猫

物理老师在讲电的原理："摩擦可以生电。例如：只要逆着抚摸猫的皮毛，就可以看到电火花。"

"天哪，"一个小女孩叫道，"那发电站得养多少猫啊！"

287. 爱的价格

学校的老师教导学生说："爱是用金钱买不到的。"

为了讲道理讲得更明白，老师想以事例说明。

他问："假如我出一百美元，你们中有谁愿意不爱自己的父母吗？"

教室里顿时一片寂静。

过了许久，一个学生终于小声说："要是我不爱自己的姐姐，您愿出多少钱？"

288. 试题

一位小学教师对她的男朋友说："你上次写的信,我给编进语文期中考试卷了。这道题能全面检验学生们的语文水平。"

男朋友问："你是让他们分析语法,还是解释成语?"

女朋友答："我让他们改错。"

289. 十分简单

一天上课,老师宣布下节课小考。

小明紧张地立即举手问老师会不会考得很难,老师只说了一句："十分简单。"

大家乐得拍手叫好,可是考完之后,每个人都惨不忍睹:怎么会简单呢?

于是小明又问老师,老师却回答："我可没有说错哦。'十分'简单,剩下'九十分'很难!"

290. 动机

一所小学的语文课中,教师讲了《孔融让梨》的故事,然后要学生写出孔融让梨的动机。

在交上来的答案中,大体可分成四类:1.梨烂了;2.当时孔融正好牙疼;3.这样好叫拿梨的人帮他做作业;4.为了要成名。

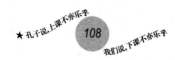

291. 惯性

物理老师在讲惯性这一课，一个学生在下面讲废话。老师暗示了他一眼，可他仍我行我素。

老师：我刚才讲了什么内容？

学生：惯性。

老师：请你举个实例。

学生：刚才我在下面讲话，虽然您暗示了我一眼，但我没法马上停住，这就是惯性。

292. 百科全书

一个新同学走进图书馆看了一眼书架上的百科全书，问："这些书是什么？"

图书管理员有点吃惊，说是百科全书。这同学说："真的吗？有人把它整个都印出来了吗？"

293. 游泳课

一天，一个班级在上游泳课，可是全班同学没有一个肯下水。

老师：谁不下水，我就在点名簿上把他名字划掉。

学生：只怕我这一下水，我家的户口名簿就要把我的名字划掉了。

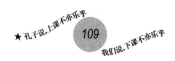

294. 激动的旅行

大约有五十个五年级的小学生上了飞机,飞机升空以后,机组人员恳求孩子们坐下来,以保持机舱内的秩序,可是无论怎么说,孩子们依旧我行我素。

后来,一名乘客想出了一个主意,结果还真管用。这个乘客拿起驾驶舱里的话筒说:"孩子们,我是机长。你们再不听话,我就让飞机停下来,飞回去。"

295. 回到母校

有一天,有一个同学在做《回到母校》为主题的作文,内容:"我开着名贵跑车,傍着小蜜,回到母校,来母校干吗,来捐款呗!学生老师夹道欢迎,校长乐得合不拢嘴:'欢迎吴百万回到母校'。"

老师看了批道:不切实际。

重做内容:"我骑着酱油牌自行车,吱吱啊啊带着老婆小孩,来到母校,干吗来了,拉赞助来了,校长皮笑肉不笑,只有语文老师同情地给了50元说:'好好再就业'。"

296. 阿姨请客

火锅城为了招揽生意,在广告牌上写了这样一句话:"自助火锅,每位18元,身高1米以下的儿童免费。"

幼儿园的李阿姨看后无比激动,怀揣 18 元钱,领着班上的 50 名小朋友于中午 12 点准时来到了火锅城。

297. 跑得快

小刚要跑 3000 米。暗自想:班里有三个大胖子,无论如何自己也不可能最后一名。

于是,他一路悠哉悠哉地小跑下去。

到第七圈的时候,要冲刺了,突然斜里冲出一个肥硕的身影,直扑终点而去,小刚追了半天也没追上。

后来他问那个胖学生,胖学生得意地说:"我一直在那等着你呢?"

小刚很是不解,问:"为什么?"

"如果我比别人跑得快了,老师肯定会怀疑我,估计比你快了没事情!"胖同学回答。

298. 很早就睡

作文讲评课上,老师把批改好的作文本发给大家。当他走到贝西的座位旁时,问:"贝西,这次的作文是你做的吗?"

"我不知道。"贝西回答。

"你怎么会不知道呢!"老师生气地说,"说实话,到底谁帮你做的?"

"我确实不知道，"贝西回答，"说实话，我那天很早就睡了。"

299. 班花

自习课时，教务主任走进来，问班长："帮我找两个人，我要班花。"

于是班长就组织全班投票评选起班花来，闹了一节课，终于统一了意见，选出了班里最漂亮的两个女生。

之后，两个女生羞答答地去找主任，主任见了，忙说："跟我去教务处，我要搬花……"

300. 成绩

期中考试之后，数学老师要报成绩，他说："九十分以上和八十分以上的人数一样多，八十分以上和七十分以上的人数也一样多。"

话一说完，全班一阵欢呼，一位同学追问道："那么……不及格的人数呢？"

老师不疾不徐地回答："不及格的人数和全班的人数一样多。"